敘事詩

楊煉

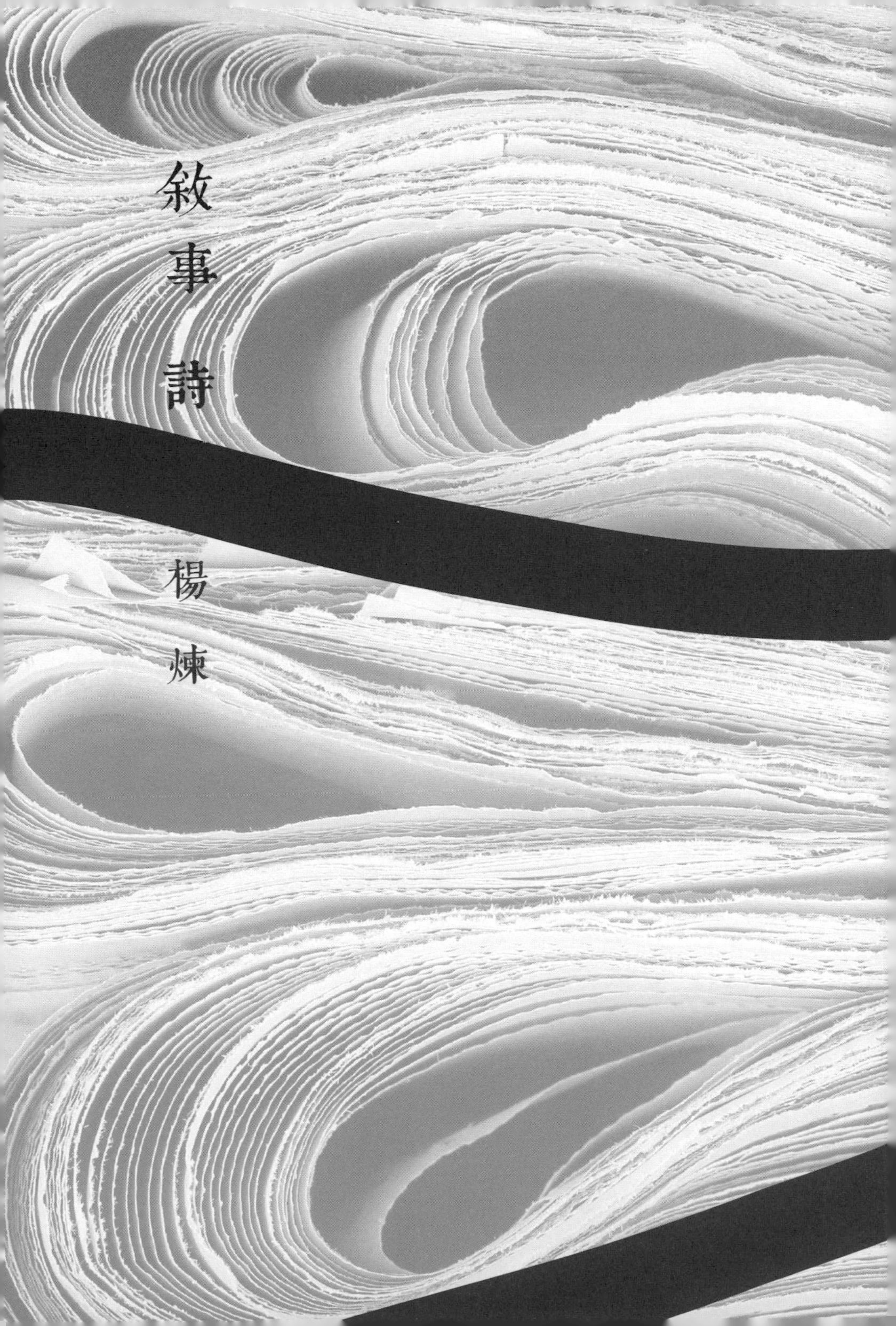

家風——《敘事詩》自序

二〇一〇年三月，大陸詩人張棗辭世，他早夭的才華令人扼腕，作爲這一代中，首位病逝而不曾死於非命者，使他有別於海子、顧城，少了特定的戲劇性，卻凸顯出命運的蒼茫無常。我無意加入輓歌合唱，因爲我給他（當然也給我自己）的小小輓歌，早在二〇〇二年初春就寫好了。那首詩題爲〈洪荒時代〉，寫於我們邂逅巴黎，徹夜漫步美麗空寂的街頭，暢談家世詩事，次晨登車各奔東西之後。這首詩裡，有讖語「寫得好　就寫至陰暗生命的報復」，也不乏贊詞「有鶴的家風　就出一張魚的牌吧」[1]。我自己尤喜後一句。「家風」一詞，闊別久矣！我欣賞這詞的典型漢語組合，其中二字「家」與「風」，純然是兩個獨立意象，並無必然聯繫，卻天衣無縫地合爲一個想像空間。配登堂入室之風，是什麼「風」？細思之，除人品美德之風外，焉有其他？噫，此風非吾家傳，實傳吾家也！由是，此風之

1〈洪荒時代——贈張棗〉，見楊煉詩集《李河谷的詩》。

起，與青萍之末無涉，卻自血脈之初、家學之遠，鼓蕩而來，浩浩渺渺，拂入當下。其顯形，一見於處世態度，二證之品味高低。所謂高貴高雅（乃至高傲），無關文采修飾，端賴此淵源深遠的風骨精神。屈原從「帝高陽之苗裔兮」，歌至他自己的「內美」，正合此意。即或，有形之「鶴的家風」，在二十世紀大陸政治動盪中屢遭貶低摧毀，我也相信，無形之「鶴的家風」，仍延續在孑然個人的心中，一度形同斷絕，只要人在，我們也能重新發明它，猶如從漢字本質中，重新發明整個中文詩學美學傳統。讀到這首詩，張棗頗興奮，說「一定好好寫首詩和你！」直到他去世後，我才聽說他絕命前那些「鶴」詩，個中是否相關？我不知道。但可以肯定，一縷「家風」，是吹到他了。

為《敘事詩》作序而肆言「家風」，似有離題之嫌。碰到較真的，或許還會問，這是否還魂的「出身論」？我得明言，家風確實和一個社會的等級有關，但等級不等於階級，特別是我們被灌輸太久、渾渾噩噩盲目接受的「階級」理論，以及被銬鎖在新種姓制度裡、非拚個你死我活不可的「階級鬥爭」。傳統中國鄉紳社會語境中，「家風」與其說基於財產，不如說源於一代代遞增深化的教養和修養，也因此，它先天不信任各種暴發戶，卻寧肯把價值的尺度交給陶淵明、曹雪芹，你說這些窮死的大詩人是什麼階級？一個金錢的下下者，何妨做精神的上上人？滲透自傳因素的《敘事詩》裡，我爸爸是一個重要人物。有個當年發生在他身上的故事：我爸爸出身富有，家裡擁有吉祥戲院等產業，他由迷崑曲而轉向西方古典音樂，到大學畢業時，已對西方經典音樂作品耳熟能詳。四九年後出任駐瑞士外交官的六年，更讓他用歐洲生活文化，印證了音樂中浸染的人性之美。但文革開始，貝多芬被當作「資產階級文化的代表」痛加批判。我爸爸面臨一個痛苦的抉擇：作爲中國黨員，他應該絕對相信組織；但作爲人，他又能清清楚楚感受到，那音樂中充滿了愛和美。於是，究竟應當服從誰？這個今天簡單得不像問題的問題，當時卻不可思議的沉重。倘若肯定自己的感覺，那又該如何判斷當初背叛自己家庭、半生奮鬥的道路，和曾被美妙許諾的中國未來？所幸的是，他畢竟是我父親，雖然內心折磨，但他終於選擇了美。他認定，美沒有錯，錯的是批判者。很久以後，當我聽到這件事，才懂得了，儘管窗外充斥著急風暴雨，但我家的小氣候何以能保持人性和愛，並讓我相對心智健全地長大？我敬佩的，不是他認定貝多芬，而是這「認定」本身體現了一種從人性出發，重新審視歷史的力量。因此，我心服口服地在《敘事詩》（《故鄉哀歌》）中寫道：「繞過星空朝父親漫步／還原爲寓意本身」。

《敘事詩》的寫作，從二〇〇五到二〇〇九歷時四年多。這是迄今爲止，我思想上、詩學上的集大成之作。某種意義上，它把我此前的全部作品，變成了一種初稿、一個進化過程。我指的是，由長詩《YI》[2]歸納的「中國手稿」階段，由組詩《大海停止之處》代表的「南太平洋手稿」階段，和由長詩《同心圓》開始的「歐洲手稿」階段，以及這些大作品之間，被我稱爲一個個「思想——藝術專案」的單獨詩集。和以前的作品相比，《敘事詩》的難度，在於最具獨創性的詩，又必須禁受最普遍的公共歷史經驗的檢驗。敘一人一家之事，而穿透這個「命運之點」，涵括二十世紀中國複雜的現實、文化，以至文學滄桑。概括成兩句話就是：大歷史如何纏結個人命運；個人內心又如何構成歷史的深度。當每個人都是歷史的隱喻，這首「詩」指向的，就是「敘」人類根本處境之「事」。因此，標題《敘事詩》，全然是個思想指向。它的結構中，又隱然滲透著「家風」的傳承：當我構思《敘事詩》時，偶然聽到英國現代作曲家本傑明·布列頓的三

2 這部詩集書名為作者自造字《[illegible]》，因行文方便以拼音《YI》代之。

首大提琴組曲，其幽深迂迴、一唱三歎，雖然音色現代，但在精神底蘊上，直追德國作曲家巴赫著名的六首大提琴組曲。事後才知道，布列頓這些作品，當年正是爲應和巴赫而作。二十世紀最偉大的大提琴演奏家巴勃羅・卡薩爾斯，據說曾演練這六首巴赫組曲十二年之久，一旦演出，早已枯藤倒掛、鉛華褪盡，那種深不可測，豈止令人喜愛？直是逼人膽寒！我爸爸自五〇年代初，已全心傾慕卡薩爾斯的演奏，尤其百聽不厭他的巴赫大提琴組曲。但或許他出於謹慎，或許他自己也不知道其人的另一壯舉：從一九三七年到一九五五年，爲抗議西班牙佛朗哥的獨裁統治，卡薩爾斯拒絕到任何納粹、獨裁或「觀點不清」的國家演出。就是說，在這部分世界上，他整整沉默了十八年。這最深的沉默，是否讓世界聽到了另一種更震撼人心的音樂？因此，一九五五年五月十五日，當卡薩爾斯在全球音樂家的籲請下，在他流亡的法國南方小城普拉達「卡薩爾斯國際音樂節」上，重新演奏巴赫大提琴組曲。聆聽他與音樂融爲一體的發自肺腑的呻吟慨歎，人類怎能不爲之戰慄？我十年前曾專程赴普拉達拜謁卡氏遺跡，小小的博物館裡，目睹他的圓眼鏡、大提琴、石膏手模、用舊的旅行箱，特別是樂譜上細細研究每一小節的筆跡，我感到他、我父親、我自己，哪有區別？古今中外藝術家的宿命精靈，哪有區別？這才是我們渾然如一的「家風」，如今，又疊加進布列頓和從他獲得靈感的《敘事詩》，這全書三部，倘若真得神助，能穿透時空，抵達那些「鬼魂作曲家」雲端的聽覺，該多好。

我曾把不同類型的詩，戲分爲「鎮國之寶」和「玩藝兒」。簡言之，當代中文詩，必在觀念上大處著眼、技巧上小處著手。有大沒小，則流於空疏；有小無大，則失之淺狹。「鎮國之寶」，譬如青銅重器，須傾畢生舉國之力熔鑄而成，供奉神祖爲其用，與饞嘴小兒口腹之欲無涉。證諸文學，《天問》、《離騷》、《史記》、《紅樓》是也。雖太白璀璨、少陵沉鬱、義山精雅、後主淒豔，不可比肩，蓋因根本境界尚有不足。而當代中國，語言、現實、文化層層錯位，每個有抱負的詩人，必須是思想者，除了「發出自己的天問」，別無他途。就是說，今天的中文詩，要麼就是思想深刻到位的作品，要麼就什麼都不是。這兒，連成爲「玩藝兒」的機會都沒有，因爲無論語言還是感覺，都是中外別人玩過的。我還有一命題，曰「作一個主動的他者」。是的，不僅有可見的外來「他者」，更有隱身的內在「他者」：我們一廂情願以爲能直線相連的中國古典，其實早已棄吾而去（更準確地說，被五四以來中國盛產的「文化虛無主義者」所摒棄）。我們的語言，在古漢語美學的字和外來概念的詞之間分裂；我們的思維，在中、西生硬錯位的語法關係間撕扯；我們的觀念，常淪爲一大堆摸不到感覺也不知其涵義的空洞詞藻。二十世紀的中國，文化提問無比深刻，可我們據以應對那提問的，卻是一片觸目的空白！這厄運也並非中國獨有，冷戰之後、九一一之後，世界同樣面臨困惑：沒有了不同社會理想之爭，卻更顯出「大一統」的自私、玩世硬通貨暢通無阻，「人」意義何在？「文學」意義何在？此刻每個人徹底孤獨，舉目四望，都在重重他者之間。這絕境正是唯一的真實。它很清楚地告訴我們，不要奢望可以輕易模擬，或複製任何現成的答案。我們唯一的出路，是破釜沉舟，變被動爲主動，拉開審視的距離，由反思而自覺。自八〇年代初，我們就談論「人的自覺」和「詩的自覺」。如今，詩沒離開提問者（天問者！）的位置，是世界轉變成深深的自我懷疑，來印證詩思。我能感到，比經濟危機深刻得多的人類思想危機，在渴求詩歌傑作。熔鑄「鎭國之寶」，當此時也。這，正是當代中文詩最根本的詩意。

《敘事詩》是一首長詩。它和我此前的兩部長詩《YI》與《同心圓》潛在關聯，構成了一種正、反、合的關係。確切地說，中國—外國—中外合一。《YI》

植根於《易經》象徵體系，又敞開於當代中國經驗，以七種不同形式的詩、三種不同風格的散文，完成了一場大規模語言試驗。詩歌一如詩人自己，「以死亡的形式誕生才真的誕生」。《同心圓》以漂泊經驗爲底蘊，橫跨中、外文化，用一個貫穿的空間意識，組合起五個層層漾開（層層深化？）的同心圓，那個結構，與其說是詩學的，毋寧說更是哲學的，它把時間納入空間，把自我置於圓心處提問者的位置，最終，思想同心圓取代了線性的進化論，建立起「再被古老的背叛所感動」的思維模式。當代中文的獨特語境，使我們的作品必然兼具兩大特點：觀念性和實驗性。即使僅僅寫一行詩，我們也得重組古今中外的所有資源。沒有這個潛在的大海，漂浮在白紙上的句子就不配稱爲「詩」。同理，長詩不僅意味著長度。「長」，必須吻合於「深」，又因爲要表達那「深」，而非創「新」不可。因此，我讀一首長詩，首先希望讀到作者臻於完整的人生經驗，其次，從中提煉哲學詩學思想的能力，最後才是這件作品的完成度。不得不承認，深度就是難度。在急功近利的當下中國，詩人要麼滯留於長滿老年斑的「青春期」，沒完沒了重複原始發洩，要麼淺嘗輒止，在批發的寫作數量和貧瘠的詩歌質量間，表現出嚇人的反差。但其實，玩「先鋒」不難，而成爲有後勁發展出不同寫作階段的「後鋒」很難。詩是「欲速則不達」的最佳注解。我寫《YI》用了五年，《同心圓》四年，現在《敘事詩》又是四年多。三部長詩，十三年以上的生命心血，一種刻意的慢，回顧中才見出航速，結果反而快了。回到我爸爸的人生名言，凡事第一須「自得其樂」，第二須「慢慢來」。這兩句話也堪稱最佳「寫作學」。寫即悟道、即修煉，原非人造詩，從來詩造人。詩之文火，幽幽遠遠，「煉」出詩人真身。

我從來沒爲自己的詩作寫過序或跋，原因之一是不希望助長讀者的懶惰。他們應當從一行行詩句中讀出詩人的苦心。但這次，我爲《敘事詩》破了例，因爲「家風」主題，既來自又超出此詩。《敘事詩》希冀傳承的，乃是綿延三千餘年的中文詩歌精美傳統之風。因此，《敘事詩》的真正抱負，不能只停留在「爲什麼」寫，它必須落實爲「如何寫」這個作品上？用我閱讀別人作品的尺度，就是第一看完整的人生經驗，第二看提煉思想的能力，而最終看如何呈現爲作品。我給這部長詩定的標準，一言以蔽之，是極端「形式主義的」。全書的整體音樂構思、三部分之間的節奏對比、每部標題中點明的時間意識、每部專門設計的結構、每首詩獨特的韻律（包括刻意的無韻體），以及不同意象的活力等等，基於詩意的深化推進，而「持續地賦予形式」。形式就是思想。當代中文詩必須拋棄粗劣而重獲精雅，植根個人又與古典神似。我希望，通過這部獨創的作品，能一圓折磨新詩近一百年的「新古典」之夢。同時，也請讀者注意，這些詩句間「家風」勁吹。第一部「照相冊」，從我誕生第一天的照片始，到我母親剪貼完照相冊、次日清晨猝然去世止，把一個回顧中幾乎非現實的童年，用一個個日期牢牢鎖定。第二部「水薄荷哀歌」，用五首哀歌，梳理貫穿我個人滄桑的五大主題：現實、愛情、歷史、故鄉、詩歌，直到時間幻象被剝去，人類不變的處境展示無遺。第三部「哲人之墟」，那「墟」在哪裡？除了我們耽於深思的內心，它能在哪裡？歷史無所謂悲喜，它僅僅歸結於此。「兩次來到／洗劫後的潔淨　月光的幽咽／縷縷幽香　讓你聽你在逍遙」。沒錯，倘若你嗅覺靈敏，這風就有老莊味兒，有佛祖味兒，有蘇格拉底味兒，它掠過無數「思想面具」，粼粼拂動我手中「月色和這首詩兩個表面」，把一個人的「空書」，變成「火中滿溢之書」。

《敘事詩》這樣的極端之作，當然被一般出版者視爲劇毒。但聯經出版公司，願意出版它，且傾全力精美出版之，令我刮目相看之餘，更爲感動。在全球商業化的惡俗中，仍有秉持古雅中文詩歌「家風」者。由是，詩人的書桌上盤旋而起的清新之氣，方綿延不絕。我想，正因爲這個貫穿了古今中外詩人的血緣，讓我不僅是倖存者，更堪稱幸運者。

樹欲靜而不能靜，該抱怨自己定力不夠。而家風不可止。我信，它永不休止。

楊煉

目次

家風——《敘事詩》自序　一

第一部（不太快的快板）
照相冊：有時間的夢　三三

照相冊之一：一九五五・二月二十二日—五月四日
瑞士，伯恩

詩章之一：鬼魂作曲家　三五
「第一天」　三八
「第十天」　四〇

母親的手跡　四二
「滿月」　四四
「五十天」　四六
「七十天——五月四日」　四八

照相冊之二：一九五五・七月二十三日——一九七四・四月
中國，北京

詩章之二：鬼魂作曲家　五一
童年地理學　五四
王府井——頤和園　五六
二姨的肖像　五八
不一樣的土地　六〇
姊姊　六二
「一九五七年初春」　六四

「虎子」　六六
水中天　六八

照相冊之三：一九七四・五月四日——一九七六・一月七日
中國，北京

詩章之三：鬼魂作曲家　七一
黃土南店，一九七四年五月四日　七四
一間喃喃毀滅箴言的小屋　七六
綠色和柵欄　七八
饑餓再教育　八〇
遺失的筆記本　八二
水渠　八四
一張畏懼寒冷的狗皮　八六
詩學　八八

死・生：一九七六年　九〇
照相冊——有時間的夢　九二

第二部
水薄荷哀歌：無時間的現實　九五
（極慢的慢板）

水薄荷敘事詩（一）——現實哀歌　九六
水薄荷敘事詩（二）——愛情哀歌，贈友友　一〇九
1　一個街名使一場愛情溫暖回顧　一〇九
2　水薄荷傳　一一二
3　一九八九年十月九日，紀念日　一一八

4 流去——寫在水上的字　一二一
5 大海，安魂曲，首次，也是再次　一二三
水薄荷敘事詩（三）——歷史哀歌　一二七
我的歷史場景之一：屈原，楚頃襄王十五年　一二七
我的歷史場景之二：巴勃羅・卡薩爾斯，一九五五年五月十五日　一三〇
我的歷史場景之三：嚴文井，二〇〇五年七月二十日　一三五
我的歷史場景之四：魚玄機，唐懿宗八年　一四〇
我的歷史場景之五：修昔底德斯，當他徘徊在錫拉庫薩　一四四
我的歷史場景之六：克麗斯塔・沃爾芙，一九九二年　一五〇
我的歷史場景之七：葉慈，現在和以往，斯萊歌墓園　一五四
水薄荷敘事詩（四）——故鄉哀歌　一五七

一、路　一五七
二、雪：另一個夏天的輓詩　一五八
三、路　一六〇
四、移動的房間　一六一
五、路　一六三
六、京劇課　一六四
七、路　一六六
八、雨夜　一六八
九、路　一七〇
十、銀鍊子（插曲）　一七一
十一、路　一七三
十二、敘事詩　一七五
水薄荷敘事詩（五）——哀歌，和李商隱　一七八

第三部 哲人之墟：共時・無夢（小快板） 一九九

置換之墟 二〇〇
銀之墟（一） 二〇二
銀之墟（二） 二〇五
銀之墟（三） 二〇八
哲人之墟 二一一
錫拉庫薩詩群：生之墟 二一二
一次石雕上手提淨瓶的漫步 二一三
恍若雪的存在——完美之詩 二一四
思想面具（一） 二一八

思想面具（二）　二三〇
思想面具（三）　二三二
思想面具（四）　二三四
思想面具（五）　二三六
思想面具（六）　二三八

鬼魂作曲家——自白　二四〇
一件事　二四四
一次敘述　二四七
一抹顏色　二五〇
一種聲音　二五三
一點倒影　二五六
空書——火中滿溢之書　二五八
楊煉創作年表　二六二
楊煉作品出版年表　二六四

我亲爱的母亲

—— 李华

鍊生於一九五三年二月廿二日
上午八時廿五分 瑞士伯尔尼
Engeried 医院. 体重3430
克, 身長 52 公分。

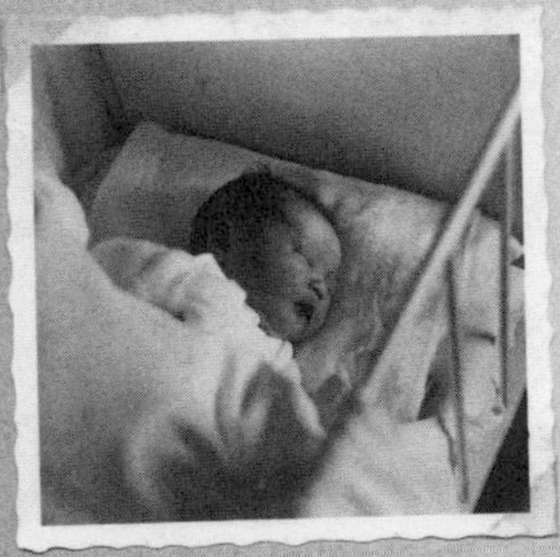

第一天

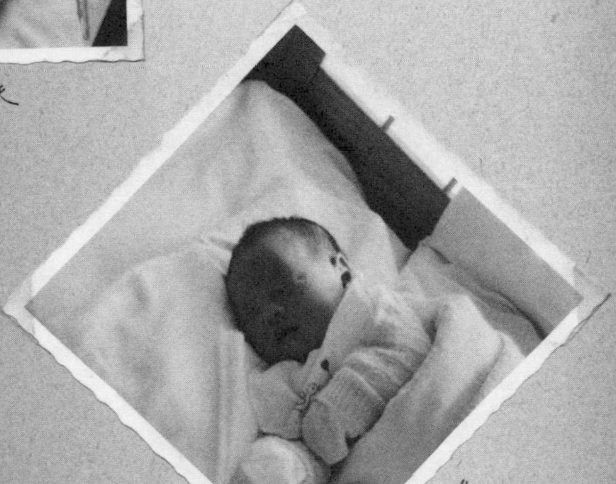

第×天

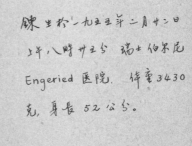

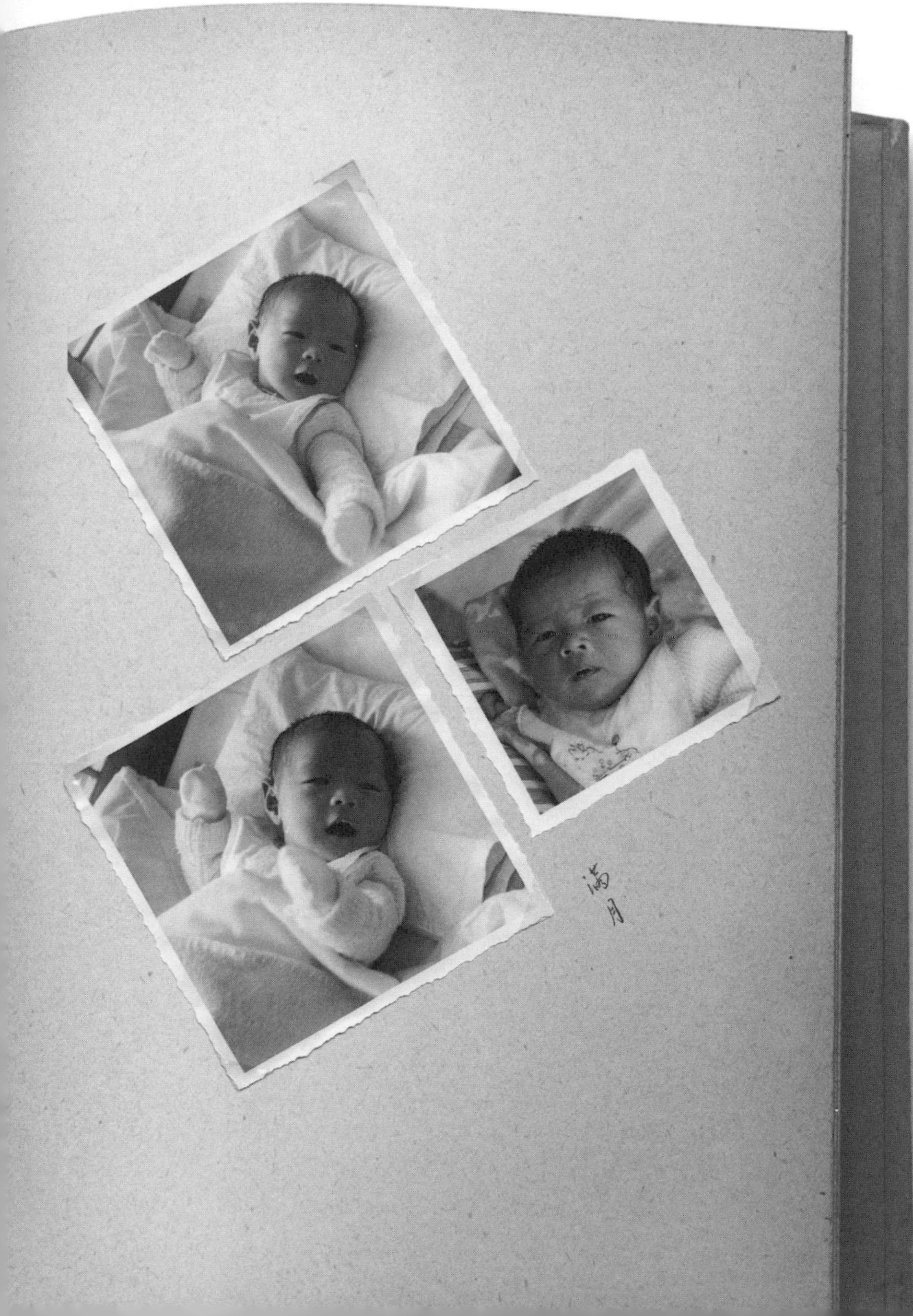
滿月

一九五六年二月底
一周岁的煉煉

1956.9
一岁半

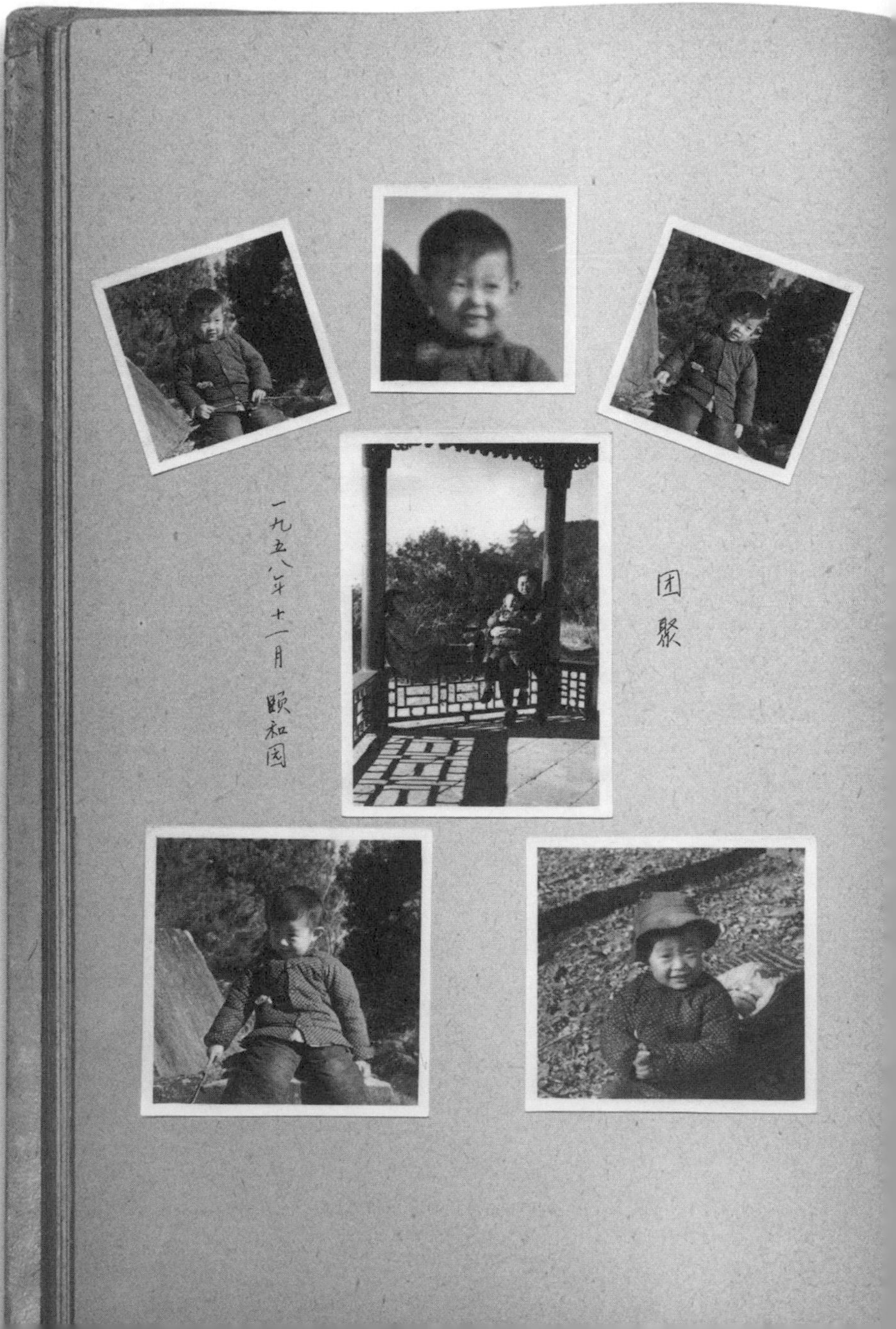
一九五八年十一月
颐和园
团聚

一九五九年

春暖花开

紫竹院

饶阳—北京
一九七〇年下放

上高中了！

一九七三年春

与小合　在颐和园

一九七三年

爸々来京养病

广阔天地
广中班 全体团员合影
中越公社 南店村 宿舍前

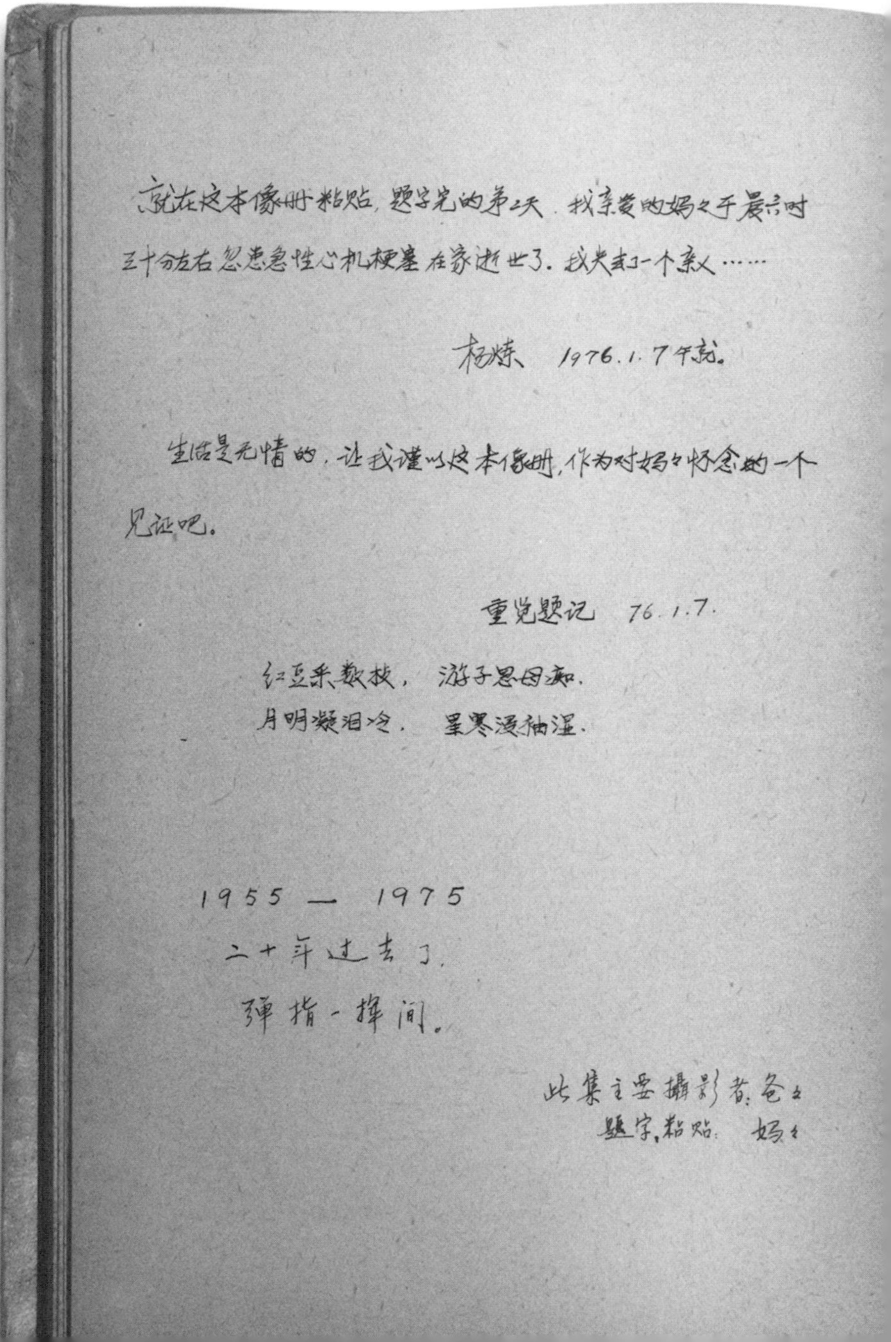

就在这本像册粘贴、题字完的第二天，我亲爱的妈々于晨六时三十分左右忽患急性心肌梗塞在家逝世了。我失去了一个亲人……

杨炼 1976.1.7午記。

生活是无情的，让我谨以这本像册，作为对妈々怀念的一个见证吧。

重光题记 76.1.7.

红豆采数枝，游子思母痴。
月明凝泪冷，星寒浸袖湿。

1955 — 1975
二十年过去了，
彈指一揮间。

此集主要摄影者：爸々
题字、粘贴：妈々

第一部

照相冊：有時間的夢

不太快的快板

照相冊之一

一九九五・二月二十二日—五月四日
瑞士・伯恩

詩章之一：鬼魂作曲家

這看不見的鬼魂寫下的結構

搭建一座紅色演奏廳
子宮中小嘴抿著鮮紅的淤泥
蛆蟲似的五指　拱出就抓著母親
抓緊一頁熱烘烘的樂譜
珍珠白的黏液塗滿一把大提琴
猛地拉響　胎兒都掛在音符上

聆聽起點上沉溺的結構

胎兒就是音符　一粒腥香的珠子
沒分裂出四肢已被釘牢了

剛在卵裡動　已搖碎一片鈴聲了
樂曲吐出浸透蔚藍油彩的枝頭

閉上眼聽鳥鳴串成虛線
綠葉　用舌尖舔進一條弓弦的老
拈著鬼魂儲存的皺紋花
一把大提琴像枚乾貝殼呼應大海的浩瀚
一次倒空一千次倒敘中的嗚咽
閉上眼　精液化開黑暗
　　　　網盡銀亮亮的魚群

小耳朵裡肉還在流　流入一種思想
小鬼魂忘情哼唱　世界忘情逗留
在血紅的元素裡

這是五月　風中滿是啼哭
一把老教堂祭壇前空蕩蕩的木椅子
回顧著　等著他到來

「第一天」

山上的雪　溶解在陽光裡
也剛剛滑出一條隧道
這小獸　側著睡

一場哭過的風暴
塡滿枕頭上香噴噴的凹陷
嫩如菌絲的黑髮鹹而潮

縮進白線套的指爪　微微顫
一場海嘯托起水手的小床
又一個人質抵押給家園

山上的雪　平行於桅杆上的眺望
他加入厭倦的無盡的人形
返回　意味著親吻下一道波浪

一張照片停住窗外針葉林的青蔥
黎明按下快門的一剎那
他愛上自己不在的夢中夢

被軟的礁石撞碎　而抵達
黑的無知　白的無知
苦的松香　記得樹幹上狠狠地摩擦

「第十天」

市場上撲面砸來的雪亮　太熟悉
當車門的自動鎖卡嗒輕響
他的眼睛三十年後依然緊閉

寒意把生命磨快　這束光
金黃　奶味兒　遠離象徵
被護士的手攏在床邊上

海豹的小鼻孔聳在被單的海浪中
天竺葵和檸檬　三十年後答案妖豔
當初卻是疑問　用縫合眼皮的疼

把第十天的世界縫在外面
第十次扣著扳機的光已是諺語
他被射中　追趕一道來福線

至死延長的　自天空雪崩的性質
枕著雪水思維的雙腳
隸屬一個金黃奶味兒的地理

疊印在心裡　跨出車門就踩到
果肉突然驚醒的酸澀的顆粒
他以光速隱在瞎了的鵝卵石間閃耀

母親的手跡

她的手撫摸　死後還撫摸
深海裡一枝枝白珊瑚
被層層動盪的藍折射

冷如精選的字　給兒子寫第一封家書
親筆的　聲聲耳語中海水沖刷
海流翻閱一張小臉的插圖

跟隨筆劃　一頁頁長大
一滴血被稱爲愛　從開端起
就稔熟每天黏稠一點的語法

兒子的回信只能逆著時間投遞
兒子的目光修改閱讀的方向
讀到　一場病抖著捧不住一個字

她的手斷了　她的海懸在紙上
隔開一寸遠　墨跡的藍更耀眼
體溫凝進這個沒有風能翻動的地方

珊瑚燈　襯著血絲編織的傍晚
淡淡照出一首詩分娩的時刻
當所有語言回應一句梗在心裡的遺言

「滿月」

第一個月的圓圓杯口裡還將斟進
多少個月　那孩子才靜靜躺在水底
成爲遠眺的清晨的一部分

早醒了　小小的蛙類或劍魚
張著五指間的蹼　眼珠閃閃游向
窗口　水族館明媚恐怖的玻璃

第一個月的雲　腹部有鱗熠熠發亮
第一個春天俯身癢癢親著他的臉
鳥鳴用彩繪的尾巴拖著小床

還不知有個過去呢　不知血腥的循環
彈奏在睫毛上　沒有人的黎明
每個細胞都是艘偏離航線的船

交給一次觸礁的激情
那孩子的乖　耗盡了未來的緘默
撥著秒針的陽光亮度中

已懂得最深的哭不必說
襁褓盛著一個月長大一歲的小海豚
眼裡滿含驚異　輕輕濺落進漩渦

「五十天」

大海像母親滯留於別處的身體
她僅剩的一雙手　切除到照片上
睡衣的波紋一條藍一條綠

袖子高高挽著　溫潤的光
抱起他　滿溢香皂味兒的海岸
告訴他畢生得枕著海風的臂膀

畢生濕淋淋從洗澡盆向上看
小小的裸體攀登一條被包紮的臍帶
小小的莖　用水聲的易逝的方言

和母親繼續交談　她的不在
剪斷了　漂白了　注射進兒子時
明豔如鷗跡無所不在

甚至大海也會死　就像詞
死了　才撈起他　皮膚貼著夢遊
一只洗澡盆中一場迷失練習

拉住一雙嵌進小小腋窩的手
換成大海的也被認出　兒子體重裡
躺入母親的碎　他　忍住這享受

「七十天——五月四日」

野鴨子揣著一根寶石藍的羽毛
在他雪白衣襟的小湖裡游
彎成兩個時刻的眼眉　潑出笑

候鳥被一塊植入頭腦的磁石引誘
飛啊　兩個日期間的意義
燙傷一雙手　令字體更娟秀

發育成小廣場上水靈靈的鵝卵石
顛著嬰兒車　和俯身好奇的太陽
雪山像一支菸裊裊燃起

訣別水靈靈的　竹林托著的雨香
湮開萬里外　他倒影的水聲幽閉症
第一天已鑄成掙扎不出的瘋狂

野鴨的翡翠脖子在背上滾動
一根海岸的軸旋擰三百六十度
他縫合的玩具童年　只留下針孔

他贗品似的今天　雲的軟體動物
縷縷爬過山脊　活著的徵兆
嘎　嘎　野鴨橘紅的舌尖正在表述

照相冊之二

一九五五・七月二十三日——一九七四・四月
中國・北京

詩章之二：鬼魂作曲家

這逐一遞增的陰影的結構
逐一消失　當照相冊移向一個傍晚
這大提琴兀自鳴響
應和鬼魂持續的　低音的沉思
黃昏的光組成紋絲不動的音節
撫摸靜聽的臉　鑲進一張張舊照的
迴旋加深的暮色　準備好給一夜收藏的
紫丁香　細數芳香的時間

奔跑的孩子限定他筆直衝入的每一天

這頁樂譜上　睡眠呢喃歸來
輕吻印在眼皮上也像一種演奏
走過肉裡花簇粉紅的林蔭道也是演奏
整個留在別處的春天　被照片夾滿書籤
忘了對誰發出微笑　遠遠問誰在笑

這頁樂譜上　回聲翻閱著
　一個把大海變沒的結構

消失進酷似一扇玫瑰窗的天空裡去
鬼魂的傾訴以孩子爲刻度
想像粉碎寂靜的　推著海底的岩石
想像被寂靜粉碎的　撕碎絲質的蝴蝶

平鋪紙頁間一輪絢麗的落月
想像　飽蘸灰燼的筆尖沙沙書寫
一場風暴逼入歷史的休止符
琴弓拉過　光迸濺

遞增沒有的現在那無始無終的現在
粉碎之後的寂靜

童年地理學

錄進雪白牆壁的笑聲　播放給誰聽
高大明淨的玻璃窗　留給哪陣風
別處的夏季遠至另一種鳥鳴
陽臺的站臺　擦拭得海拔亮晶晶
回頭　才看見噴水池和小沙坑
都上緊發條　鞦韆盪向出生的夢
夢見他盛在手提籃子裡啓程
像丟了　彩色的皮球拍進雲層

落下時　綠蔭的耳膜上黏滿了蟬
嚇人的爆發把更嚇人的茫然

堆到他臉上　照片攥緊這瞬間
一種空空的凝視像突然瞥見
土地的敵意也已半歲　抓住這雙眼
他不懂的血緣拉開鐵路的拉鏈
把隧道那頭的房子推得更遠
他不懂的距離　剛剛起源

唉　換韻把鏡片後結冰的德語
變成京劇中燙人的大紅大綠
換了　膠紙背後滲出棕黃的影子
他發愣　猶豫　而母親的剪輯
演奏大半生才微微顯出深意
還在繼續安頓他　還用手遮著隱沒的
門牌　唉　母親　他終於被允許
因爲愛你　使用祖國這個錯字

王府井——頤和園

一陣風就吹裂春水　哪怕它綠遍千載
投井妃子的一顆顆珠寶嵌著媚態
漂流的湖面上　毒酒又斟滿了玉杯
皇帝被一扇比絲還軟的虛詞屏風隔開
囚死之美太優雅　太貴　太頹廢
公子哥兒用一個手勢輸給奴才
泥地上跪出的小坑滲漏嫩嫩的膝蓋
風聲依次把一盞盞宮燈掐滅

從東華門出去　梅蘭芳窈窕的尾音
甩著他　前朝的海棠花和柏樹林

沿著紅磚牆的平行線爲傾圮押韻
按下快門就是世紀　照片上的鬼魂
眨眼　吸走浸濕每個光圈的陰
歷史的導遊圖錯開一步　淫豔如內心
倒扣一隻烏鴉抵消的不真實的人群
從神武門出去　小販叫賣著黃昏

一隻金絲雀藏在體內的音叉　驚動
湖岸的曲線　荷花的睡意　知春亭
換一艘炮艦（誰寫的？）　該慶幸風鈴
航程更遠　垂柳的弦樂拂去海浪的冷
太后　辦了敢阻擋玉如意的　倘若可能
也在子宮裡辦了他　罰那假象牙的天空
隱身的鳥爪在灰濛濛水面上邀請
他的柳絮迎向另一個時間　疾掠匆匆

二姨的肖像

西北風擰緊窗戶上一千朵冰花
窗簾還黑著　雪的黑沙子響在她腳下
四合院的五點鐘　黎明是一幅石板畫
細部一　一側發亮的手指得得叩打
男孩子黏著夢的玻璃映出一頭白髮
細部二　烤得熱呼呼的饅頭包進手帕
熱熱的目光送他上學咳嗽聲篦著朝霞
細部三　遺容似的天空靛青如一塊蠟

記憶　再多筆觸也畫不出一幅肖像
只記得她骨灰盒移走的那天　房間多空曠

真走了　一個嚥下矮矮身影的遠方
哭喊不能　而一卷手抄的詩能追上
拽著那衣襟像拽著一鍋荷葉粥的清香
墓穴下　字的調皮鬼緊擠在她身旁
還要跟她睡　當他又故意把兒子笑嚷
成「蛾子」　一滴淚燙著黑暗　嗤嗤響

偉人們相信青銅像　她的偉績卻是一條線
劃定在他眼裡　小胡同追著時代更換
坡度　而拆開的舊毛褲在她織針間
加熱　善良竟如此簡單如此難
像個重負得忍著　一件老羊皮襖的藍布面
忍住更多早晨　他醒來仍捧著那張臉
從自己海底撈起　被洗淨的貝殼綴滿
一只古樸的石錨穩穩繫著他的船

不一樣的土地

一個人必須習慣死亡的念頭
五十歲　厭倦從一群綠頭鴨的顫抖
傳染到水珠裡　滴滴亮晶晶的油
塗抹母親枯木色的掰不開的手
他被鉚住　按向黃白多皺的井口
看　童年的狗尾草狂奔著漸漸生鏽
尖聲唱的河面被月光的倒鈎
提著　一串青蛙腿剝皮後的肉

鮮活如菜譜中燉了千年的美味
磨禿一把把勺子　火爐旁躬下的背

保母們的慈祥在樹梢血脈裡輪迴
圍裙飄飄圍護一簇桃花安睡
而墳頭壓著的紙片和一塊小石碑
被一場雨漂白　潔淨的子宮沒有字
卻和地平線教給他一樣多　蓄著水
二胡聲高漲成孩子漆黑的水位

周年　注射進一只蘋果
考古學的黃色掌心板結在此刻
他回顧中總有西山淡紫色的輪廓
膝蓋上一隻小黑狗信賴的眼珠盯著
自己被吃掉　饞人的肉香像在說
沒有過去　才更新每一歲的化學
跟上霧中土粒中越摟越緊的死者
習慣　直到迷上　一種最耐咀嚼的苦澀

姊姊

你後院裡盛開的牡丹也繫在一隻蜘蛛
閃閃的絲線上　花瓣年年的屍骨
一次次粉碎於一個鮮豔的刻度
他的花棉襖是你穿舊的　紫竹院的小湖
停進春雨　你春水似的胳膊摟住
弟弟　蓮葉間孤零零的亭子在駛出
他偷聽到候鳥的小心房裡血流多急速
緊貼身邊　世界一如輕信的少女

你臉頰上粉紅的蝴蝶也會唱
一首黑歌曲　被撕碎也有初戀的瘋狂

一輛自行車飛馳進十六歲　你翱翔
歷史騎著青春期的風力伸張翅膀
鼻息一層層磨損天空時那麼燙
歷史　歎息得像排黑土地上蹣跚的白楊
被死者肥沃　告訴你　哪片綠叫遠方
哪兒是天邊　被暴風雪鎖在你腳上

躲著的回憶錄乾嘔一口口墨汁
蜘蛛毛茸茸的指爪鈎在胃裡
一盆水仙花旁弟弟傻笑像個聾子
媽媽卻聽懂了　電報斷斷續續的口吃
血緣般刺耳顫顫的網上殘骸多精緻
你爲那些你發育成不哭叫的故事
鬼魂的盲文綴滿牡丹重疊的肉色
當所有噩夢　連這幾行　不小心都是史詩

「一九五七年初春」

誰猜到　這一年已包括了許多年
水聲響在皮膚下　水做的牌坊那邊
冬天跺著腳　而一輛兒童車推進春天
一只溫度計向下拉枝杈枯黃的花園
空氣中擰緊的鹹味兒　滲漏成照片
的灰　一簇等在南方的花蕾遠隔時間
母親親手布置好一個吻聚焦的嚴寒
他被放在這裡　眼神蟄疼地平線

水寫的一行小字　被擦掉才完成那宿命
水看不見地繼續剪輯凍紅的鼻孔

風搜索某女孩正被分娩的血腥
一塊綠琥珀掛在一絲飄來的啼哭中
兩個零下兩次嵌進西山的鋸齒形
將鋸疼同一片紫色　用回頭看的眼睛
母親親手布置好花園裡懸掛的一秒鐘
還沒到來就過了　這約會的空

自始就在玩小小乳名裡的不完美
這一年植入許多年　這乾透的水池
被一個對水聲的想像慢慢搓碎
他坐著的岸延長　他奔跑的小腿
奔入木本的處境　釘死在抽芽的刺痛內
肉的粉紅色運載一枚石質的蕊
母親親手布置好鳥兒筆直擲來的手雷
眼睛裡的融雪　突然原諒了無知

「虎子」

你縮進角落一聲聲嘔著叫
嘔　血味兒的委屈　血淋淋撒嬌
像個語言循著太空中幽暗的軌道
固定孩子眼裡奪命的最後一跳
一堵破磚牆上食肉的刃立著切削
受寵的一生　亂石的流星雨亂扔下問號
兩束鱷魚綠的目光加九條命　你能逃
到哪兒　一件鼠類的血衣已織好

今夜　張掛到你猩紅的身體裡
一張猩紅的小嘴翻開一部傳記

讓一團小肉舔著奶　一根舌頭滿是刺
每天早晨蹲上枕頭癢癢舔醒孩子
一隻虎酷愛虐待自己的龍鳳尾
你的野　無愧春夜的朕　呼喝成群妻妾
你的愚蠢是非把一個熱被窩鑽到底
信任的鼻尖沁涼像個生僻的詞

蒸發到國家裡　焚燒押著韻
貓的階級遭遇貓的鬥爭　通緝逼近
他的手也背叛了　你被抱出門的一瞬
眼神是人的　眼底有個模糊的母親
早早咬斷臍帶　丟下一小撮灰燼
一次搗毀終於抵達馴練成熟的殘忍
骸骨上　風撥動枯乾的毛　陰魂
保持報復性的弱　針尖一樣細細呻吟

水中天

水是假的　天空也是　這彩繪
比皮膚還薄　畫上就等著被撕毀
搬空的房間裡有他回聲似的十五歲
一捆書　死死包紮一場假寐
一張拆掉的床像不知道歸期的杜子美
再不猜測歸期　倒映的雲暗黃淺黑
擰出淋漓的歷史　他聽見池塘的嘴
說　家是假的　一根手指就攪碎

爸爸的顏色　嗆死窗戶的革命
把一隻銅製的高音松鼠拴在五點鐘

歌唱　姑媽上吊的臉俯向他晃動
像砍倒的西府海棠　只許水下的風
嗅她枝頭的幽香　深深藏進距離中
姐姐是一隻雁　返回的羽翎
觸著水面被取消的方向　夢
見　二姨悄悄抽泣　弟弟傻呆呆發愣

十五歲　水中的家用盡了時間
他的天空什麼是謊言　什麼不是謊言
學會潛泳的呼吸本身已是條棄船
用哐噹摔死的門　鎖住留下來的黑暗
所有日子的假留在他回不去的那天
不可能更真了　黃昏被水底俯瞰
不可能沒有海風的內心　冷而豔
海鷗叫著　他的殘餘抵押給了鹽

照相冊之三

一九七四・五月四日——一九七六・一月七日
中國・北京

詩章之三：鬼魂作曲家

這一次性歸納燙傷的結構
不像空間而像空聚精會神
手指揉弄　大海的磷光刮疼臉頰
一場奔流奔赴烏有的流向
這鬼魂摸黑編織的結構
停在它自己的無限裡
音符高擎一朵朵荷花
在他體內看不見的太空中爆開焰火
在五月嬌豔的石拱頂下

一個老人的骨骼是一把木椅子
吱嘎作響　靠著牆
抱緊孩子們稚嫩的一刹那

五月　胎盤裡遍布雨聲
爲每隻耳朵把孤獨再發明一次

把一朵鬱金香鼓脹的乳頭再吮一下
他見慣的垂死　讓眼眶更嬌嫩
他被過濾的血肉淹沒了春色
斟入大提琴婉轉的腰身
吱嘎作響

　　　空　撥動
房間裡一只陽光的節拍器

哼聲總是最後一次　遺言摩擦
歷史嗆進一具軀體總在自己那次
鬼魂的指尖熔化滴落
一小節一小節山河擱在聾啞的位置上
　　　歸納精美的　非人的儀式
一枝羽毛筆永不謝幕
寫下無處去進一步流失
唱啊　世界就學會這樣存在

黃土南店，一九七四年五月四日

老白馬的腰扭得好看　每一顛
撲鼻一股膻味兒　馬車擦過麥田
甚至沒驚動剛沒膝的綠色
五月　陽光和土都很慢

慢慢拆散一條路泛白的語法
記憶一碰就變大　布穀鳥點播著片斷
老白馬知道那村子也是倒退的影子
隔著一道道吃力碾磨的坎

路邊的白楊樹也在慢吞吞倒敘

水溝　墳頭　土坯牆像卷舊影片
放映在眼神裡　眼皮滲出日子的黃
西山昏睡成一列嵌著錦葵的宅院

那兒有扇木門　像棵活的栗子樹
攥緊小青果似的手　受驚的嫩和軟
那兒時間在葉子的魚群裡垂釣
血咬了鈎　最古老的哲學仍是一聲長歎

母親送別時轉身擦掉的淚
也是影子　從記憶再錯位一點
一頭瞎了的老牲口就踅入春天的縫隙
他到了　村名的綠鏽爬滿一張臉

一間喃喃毀滅箴言的小屋

柳樹歪著脖子沉思一座池塘
泡著的死貓也像植物　種下就膨脹
四季鹹腥的豐收　嗅著一間小屋
灌滿水　縮得更小　在倒映出的方向

摸到一些嘴唇　潛伏在油漆裡
淤血的藍色吻著就像鎖著那門窗
三年了　他聽著咽喉下煞住的呼救
托起地面　磚頭滲出屍骨的陰涼

摸到一個集體的　暴死的時間

不會結束的時間　那雨聲踩在瓦上
雨滴的銀指頭整夜測試一把鐮刀的刃
再割下早晨時　青草放肆的香

領著他　跟蹤鬼魂也有過的初戀
總在喃喃自語　要坐進被掐滅的燭光
總能漏下更深　一聲西北風的口哨
吹著完成不了的遷入　去想像

距離是用田野編織的　人形的
目光從回顧疊壓進回顧　沒有牆
沒有間隔　薄冰咔咔碎　泥濘的燕子
被拴在地下幾米　他死死攥著重量

綠色和柵欄

田壟是金屬的　而他們佝僂的姿勢
被鑄著　泥土的柔韌像一種鼓勵
他們的裸背貼近玉米刀形的葉子
肋骨也每年一度油亮亮的綠

像一組埋進肉裡的　不會弄錯的號碼
一個酸澀的血型押送著麥粒
返回每年清明灌漿的　被徵集的顏色
遍地拔節的聲音朗讀著刑期

也有田園的風味　渴的風味

命令井向一個零深處不停陷進去
他們蹲在井臺上的茫然　鑲著田鼠
和鵪鶉　一首地平線一樣近乎色盲的詩

他們看不見子宮的咒語
仍在收縮　一排綠色柵欄鎖著呼吸
延伸到天邊　分蘖的晚霞仍黝黑
而無辭　活　監禁在一次靜靜的咀嚼裡

端著的粗瓷碗　平衡上了妝的歲月
什麼也不意味　連綠色的填空遊戲
也不意味　揩著啐到臉上的一聲喝斥
他們細細揩淨一張犁

饑餓再教育

風只朝一個方向吹　把他吹彎了
風聲加劇那種空　錘子鑿刻
到胃裡的空　夜的流體
物質肆虐的水銀色

觀音土和榆樹皮的傳統在上課
他的教科書　舔著被鉤住的上顎
學習對一隻麻雀無限的色情
喉頭抽搐　羽毛包裹的一股肉味混合
妄想的味兒　天敵醒在他內部

秒針挑著暴風雨　器官們的自我
否認他的自我　馬鬃草　槐花　水葫蘆
兩把野菜間碧綠的比較消化學

嘔出一場說謊的酸液的洪水
擦得雪亮的灶台令孩子眼巴巴望著
刨不出月色的土地像筆糊塗債被欠著
一只回聲叮噹的鋁飯盒

像位失去祭祀的神　罰他專注
這事實　這一陣腸子空轉的折磨
他沿著累壞了的白薯藤追上
被開除的　啃食著冷冷曙光的生活

遺失的筆記本

那些紙是漆黑海水中不反光的鱗
黏在不反光的魚脊上慢悠悠下沉
那張塑膠臉頰溢出一首詩幼稚的香
越不會寫的手越摸到一種深

還拉著一盞小燈　穿過滿村狗吠
還守著田野的綠意　押錯午夜的韻
一粒琥珀小小的戀情還向一次遺失
成熟　辭句的聽覺熱熱封存

隔壁那聲輕輕的帶鼻音的咳嗽

指尖敲叩密碼　窗櫺間月色被刷新
等在一行白楊喧譁的針腳中　縫死了
回家夢　一朵肯定距離的雲

在張貼他自己的　生疏的筆跡
那篇慢悠悠斜插入命運的盲文
讓女孩畢生折射成水波　一頁頁顫抖
翻閱到底才剝出女人

有種和他同樣的　不在的風度
有次未竟的沉沒　母親擒獲的
敲門聲也丟了　憑驚人遞增的無色
遺失到血裡的字終於可信

水渠

村子也漂走了　薄如水彩的倒影
游過　黃昏的絲光憋死一種空
只有他能看見　用三十年後
一雙潛回水底的眼睛

看著對土地的愛找到一個人形
看著那人遠遠走過　鏡頭裡汩汩水聲
拍攝十九歲清澈流淌的主題
赤腳上芬芳隱喻似的泥濘

記住一抹精雕細刻的濕

村子讓穿著綠色水草的力揮動
他慢慢懂　七幅地　九江口　場院南
那人的絢麗分給珠串般的地名

一粒粒消失　乳頭被吮過的嬌豔
在水面折斷　只有他看見河水多透明
一座十九歲架起的絞盤　絞至
舊照片懷抱的雙重不在的冷

鳥兒探監似地盤旋在頭上
心裡流走越多世界　水渠的色情
越寧靜　延伸一個夢的簡單形象
三十年後缺口潰決　一聲鳥鳴

一張畏懼寒冷的狗皮

一張畏懼寒冷的狗皮　久久
忍著釘子　牆在走　灰塵在走
你小心掩埋的死後也沒有主人
雪在走　雪上結了硬殼的月光在走

他穿過入夜的田野　回來看
時間也不要的　一只碎玻璃窗的漏斗
漏下不變的　你的歡快發射到村邊
又瘋進屋裡　尾巴的旗語揮舞
受寵的音樂　濕熱的鼻孔噴著

擱上總有一本書攤開的膝頭
母親的信和一雙盯緊他臉龐的眼睛
是僅有的燭火　刻進勞累的夢囈的宇宙

但小小的恆溫已經在說謊
你奔跑　叼著謀殺者垂涎的肉
四條黑絲絨的小腿苦苦等到了
一個剖開成平面的　丟盡血味的深度

展覽牆上一塊灰塵勒邊的白
畏懼了自己能被借用和剝下的天性
他聽見那呼救　滲出空房間的空
雪上滿是牙印　你不放棄的疼在復仇

詩學

飄雪的日子最像一頁詩稿
每個字是隻小動物　玲瓏的觸角
沒用過就鈍了　一下午的心漸漸揉皺
漸漸濡濕成泥土　那所灰暗的學校

拉響蚯蚓們柔韌悠長的上課鈴
青蛙勤奮掘進著冬眠的甬道
田鼠的眼珠　一對囤積星空知識的小賊
扮演老師監視麥粒中作弊的分秒
冒著嚴寒　尖尖的乳房也不忘灌漿

女孩如一朵等在羞澀裡的棉桃
西北風記住所有約會　當凍紅的手指
碰著手指　他那滴酒斟出一件古陶

他向大地學習細小的事情
細小的聯繫　心動一刹那喚回一隻鳥
狗兒燉熟的淚水循環到他眼裡
情人的身體香　像某種哭叫

心只動了一下　揪著臥在天邊的山
暮色盛滿寒冷的聽力　寒冷的遠眺
擺上小炕桌　他愛上不停開始的
第一場雪　飄落得如此姣好

死・生：一九七六年

他一天天追趕母親的死
追　一部早晨狂轉的手搖電話機
自行車把頂著天空的噩耗後退
風砸在臉上　鋼印砸進他的缺席

醫院的味兒半握在蠟製的掌心裡
母親發脆的手　水泥地上摔斷的樹枝
帶走了肩軸疼　磕壞的眼鏡片
也在抱怨他來得太遲

或太早　一根蠟燭還得等三十年

完成那熄滅　那薄薄皮膚下黑暗的構思
逆著風佝僂蹬車　用字攻占一團果肉
三十年　缺席分娩他成一首詩

母親一行也沒讀過的　一次次託夢
錯過的　一種血脈滴灑墨汁
給一本蠟製的書無數早晨的篇幅
他星星點點湮開　像母親隱秘發育的無知

用自己重寫母親訣別的年齡
自行車鈴聲似的死亡念頭　太熟悉時
比事實還近　從碎了的骨灰甕開始
他只剩雙倍的生命和美麗

照相冊——有時間的夢

千分之一秒的現實都迎著贋品的未來
村子也夾進兩頁間　小蟲的殘骸
多年前就碎了　抱著他痛哭的光速
到封面為止　母親簽署的水位

僅僅是這個名字　玻璃幽閉的一夜
燈下米黃色攏住的日期被翻開
河水　有個嗆入鼻孔的硬度
他輪流被擰亮　輪流墨綠地潛回

一幀深似一幀地製作一個夢

臉　陷進黏合它們隔絕它們的空白
碾平的村子推著母親碾平的陰戶
抽啊　時間的耳光一記記剪裁

每一幀溺死的經歷　每種贗品式的
青春　雁聲一夜夜呼嘯著不在
鮮豔如一首序曲演繹的界限
僅僅需要界限　一一檢閱這潰敗

都一樣遠　母親的斷壁殘垣
被他抱著　還用一條發黃的路回家
這部把灰燼精美裝訂成冊的家
千分之一秒後　才懂得不醒來多麼寶貴

第二部

水薄荷哀歌：無時間的現實

極慢的慢板

水薄荷敘事詩（一）

——現實哀歌

履帶下血紅的泥濘
是
　一月的梅花還是六月的槐花？
鋼鐵縫隙間擠出一張臉的茫茫
　旋入石頭的漩渦
當你走過不會絆住你的腳步
當你突然記起　甚至有一縷幽香
　甜甜絞著喉嚨
當季節複印一片片碾平的花瓣
　　　讓你不知死在哪次

哪個清明雨聲不在縫合絲綢的眉眼
　你的驚愕　「噗」地濺出時
　　複數的第一次在偷聽唯一一次
眼淚炎熱而空洞
我們走過不會絆住我們的腳步
　　當　褲腳下輪軸轔轔滾動

國關筒子樓裡幽暗的甬道
永遠開著燈　炒鍋的黃昏
緊倚著公共廁所凍硬的黃昏
一月的瀑布沖走他夢中喊出的名字

北風抱著照相冊痛哭
分娩般急切的死　顧不上羞恥的死
他追趕的年齡迎著母親瞳孔中

放大又放大的雪花

六稜形晶瑩的冷
藏進刷新病房的梅花雨
　　震落如彈片的槐花雨
　　　你是否能認出？
被否認的白撐脹年年滋長的白
　被否認的肉體
　　凝結下水道中的凝視
　　　你是否能認出？
我們是否能認出
圍觀的星星間
　（女巫說）成群輪迴的親人？
　被毀滅不盡的歷史締結爲親人
　　一塊黑色大理石墓碑深處

母親掠過　今夕何夕
掠過　家庭輾轉　履帶輾轉

夜砸開小屋的窗戶　田野盯著他
回來找　炕桌上亮著的鬼火
一個卡在碎玻璃間的初戀
給地磚漫上薄薄的雪花的沙子

倒映牆上一塊耀眼的白斑
小黑狗剝皮時的慘叫　被釘著
繼續慘叫　斷壁殘垣一如對稱
別人越看不見的越令他如醉如癡

離開的日子都是清明
雨滴細數

雨滴內微雕成顆粒狀的宇宙
淋濕的白布條上字跡依稀
玉砌臺階下垃圾堆星閃著校徽
　　自行車腥臭的骸骨
絆不住你因爲你不知死在哪次
月光失蹤式的存在多次
　　忘　性感女兒似地長大
只有一個故事的生命讓我們暈
我們太多的故事　每本書
　　夾著一枝含鉛的紫丁香
不變的體積
不停抽出一株植物裡
　　更空虛的美
再來　房間才空了　情人真的走了

死亡的戲劇扭歪了五官
一只黃銅門把手　攥緊
拎起滿滿一桶鮮牡蠣的那隻手
滿滿一桶目光在霉爛的地毯上攤開

他打開的信箱有個偷換的名字
他以爲是自己的地址　讀出
鬼魂就布滿舞臺　斧劈時腦漿迸湧
懸頸時隨風飄飄　總不乏激情

引爆碧藍海面上一團鎂光
照耀那遠眺　一架樓梯錄製下
死者死去多年後才被還回的笑聲
哀傷地埋入他異國的自我

花瓣的眼淚
該驚愕花瓣的虛無
　滲出廣場稿紙的眼淚
　該驚愕　一行詩蛻變的虛無
世界不多不少是塊封死的石板
　　你該哭你的忘　我們忘了又忘
　　才配上哭這不動的動詞
用不停的哭演繹不哭
用人性本來的潮濕
　　拒絕添加更多潮濕
藍天開足馬力馳過
　　履帶重申
所有死亡說到底無非一個私人事件
踩響孩子們金屬的舞步
　線民　臥底者　處境廠商　交代材料的花匠　老大哥

愛滋村　黑煤窯奴工　塔利班　裸體飛翔的瑪格麗特
革委會　超級粉絲　G20　Ground 0　盜墓者　搜查者
柬埔寨骷髏　人間蒸發者　杜撰日曆的人　造句的人
我　任何人

回到表面總不太晚
一場雨攜來河谷的幽暗
朝南的窗戶都濕了　清苦的肖像
似曾相識中一株水薄荷靜靜佇立

野鴨橘紅的腳蹼　蹬開他
水聲簸著水泡的空心珍珠
綠的舌尖倒唱一首黯淡下來的輓歌
尼祿嬝美楊廣

水之茫茫
他蘸啊吮啊她開花的黏液
漂的手指　浸進月色和這首詩兩個表面
一滴水之內的茫茫

虛構的哀悼鑿穿一月和六月
蕊　時而梅花時而槐花
在無數臥室的特洛伊
空出一件扮演女性的白袍子
死者的月亮傍著簇新的牌坊
夜把玩它的形式
一架擺進周年的照相機拍下
不在
和母親鏡框前的燭光一起
和釘牢一座城市的燈火柵欄一起

高高的亭子中
暴露著性交

原地陷進黑暗

沒有訣別的訣別
在一座書寫的橋上　看一條河
用無數自沉慢慢釋放出渾濁
躲著釣魚的人正被鉤住上顎

沒有現在的辭
擺進石珊瑚裡的三億年擺在
他桌上　腐爛的獨一無二
對應藍天上一場靜靜精巧的解散

沒有什麼不被倒敘

倒映一匹冷冽水面的絲綢
滿坡芒草的羽毛筆銀光閃閃
畢生簽署一種最耐嚼的寒意

沒有別的絕對　除了盲目
愛上一個爲自己虛構的理由
因此再寫一首只對自己値得一寫的詩
並被慫恿成它的造物

現實不是一個主題　一張
　　鋼鐵詞語間擠爛的臉
不是任何人的
　　旗子的啪啪掌聲已褪色爲風聲
　　　　一頂帳篷搭過的地方
　　急急傳遞一碗水的地方

是這裡嗎？
你的腳步　我們的腳步
在金屬雨聲中濕濕黏黏狂奔的地方
是這裡嗎？
但這裡是哪裡？
這無人是哪裡？
絆不住花瓣的日日清明
驅逐不知疲倦的嫩嫩生命
輪迴之緣從未輪迴出一隻眼眶
茫茫　梗在咽喉下
淡淡的紫色
虛構一個搖曳的姿勢
最擅長一種流淌的幻象
流　成　血肉的難熬的奇蹟
一株水薄荷用一只粉撲擊著灰燼

一天沒嘔出那條履帶　一天就在活祭
　海水洶湧的裂縫灌滿盲音

「今夜　我爲自己　爲你　爲離開一哭」
　到驚愕之外
繼續死去

水薄荷敘事詩（二）

——愛情哀歌，贈友友

1　一個街名使一場愛情溫暖回顧

一個街名使一場愛情溫暖回顧
我們水味兒瀰漫的所有徘徊
李河谷銀灰的波紋擱在窗臺上
銀灰的亮度　總能容納更多的雨
一只骨灰甕柔和得像一隻子宮
我們走　而兩個酷似你我的小傢伙
不耐煩被領著　縱身越過欄杆
甜點似的目光就疊入水的好奇

天鵝投擲林立的雪白脖子
碼頭繞過遲鈍的鏽
笑聲中船名開成一長串荷花
陽光之日常　一如妄想
濾除水中孩子們應有的年齡
之不可能

這些字寫在
二〇〇六年十月二十五日
數字　除了水深能說明什麼
一個街口上兩支交叉的槳
不停划動的石頭剎那
你和我視線一碰
天上疾走的　總在捲起帷幕的雲
認出一件穿錯的黃色燈芯絨衣服

故國用垂柳的老綠追蹤而來
耳機裡大提琴回應漆黑作曲的海水
一場錄製　持續二十三年
給河加上夢中也在流淌的耳語
給一閃一閃的愛減去一個世界
一道臺階競爭著空
傾斜到深處

我　並不比岸邊鋸倒的老樹樁上
青苔累累的年輪更懶
事實上我像唱片一樣勤快
整天從一個房間響到另一個房間
整天叫你　你不在家也叫
兩個重疊的字反芻美食的奇蹟
滿屋花草熟讀你樓梯上的腳步聲

漸漸慢了　一叢油綠的虎皮蘭
靜默下來紡織紋身的金線
橫貫我們銀亮亮的水
不屑拒絕兩個還沒成形的小傢伙
追著自己永遠不會成形的嗓音
瀝青一路粉碎到孩子從未誕生的
盡頭　被刮掉的血肉
把每頁詩複製成輓歌

2　水薄荷傳

一片水平坦　明亮　靜靜推開兩岸
像曼德爾施塔姆*的黑土地

* 曼德爾斯塔姆，一八九一——一九三八，俄國詩人，評論家，曾寫史達林諷刺詩而遭逮捕，死於臨時難民營。

一片水擦拭他留給世界的武器
娜杰日達*的心　刪去雪不能記住的詞

倫敦的雨也記不住　你和我的臉
濕淋淋編織的篩子間　多少人已漏掉了
鬼魂的鹽分染白一輩子操勞的灌木叢
他看見那些腦袋　每顆鑲著小絹花
吊在各自挑選的白晝的鈎子上
切斷甚至是甜蜜的　一只淡黃色燈罩下
他活著也得學我們竊聽水位在升高
有多少黑夜就有多少一九三七年

* 娜杰日達，一八九九—一九八〇，曼德爾斯塔姆之妻，丈夫被捕亡故後，她極力保存其詩作，因不信任紙張，設法以記憶保存。

沃羅涅什*　讀音是一只凍紅的蘋果
收屍的白雪一個字母一個字母背誦出
死者梗在咽喉裡的那行詩

娜杰日達的心　在地平線上遠遠移動
她嘔著　大海用終點的韻腳嘔著
不是死　不是恨　只是愛
　愛上　一部藍色鼻息呼喊的傳記

　鎖定　一條從眼睛到眼睛的連線
如果沒有你　誰知道一頁草稿的灰
怎樣繼續焚燒　一雙用圍裙擦乾的手
怎樣脫下海浪　漸漸被時間鑄成了青銅
我們的廚房延伸他們的曠野　倚著

---

*俄國地名，位於俄羅斯中央區。

閒談的火　甚至十一月的寒風也不是空的
兩只茶杯間起伏的深海　只爲你嘴邊
滑出一枚魚鱗白的名字而存在
斜斜飄落的雪帶著訣別的一瞥
「冷酷的柔情」　他說
一個麻醉在人生裡的重量
如果沒有你細細的鼾聲測定
窗外的星期三　我們漂出多遠了
一抹秋色不會是這樣

一片不停湧到胸前的水　不停
重申一條落葉飛舞的無人區的路
死者的數目龐大得自動縫合
一株水薄荷的纖細　誰是娜杰日達呢
有多少黑夜就有多少門政治的外語

心顫抖著爲一首詩探監　誰不是娜杰日達呢

如果沒有一個甩著馬尾巴長髮的
少女姿影　不停橫過
那條早被拆除的大街
一陣雨聲就不會從梧桐葉上打進星空
給「只好活下去」加上著重點
如果沒有襯著座死火山的鉛色海水
像個背景或血統　把檸檬放進你掌心
誰會察覺「太陽」一詞被漸漸停用了
一架「淡紫色雪橇」衝向大地的精疲力竭
如果愛是一塊冰　失去的濕潤給它硬度
沒有一隻精選的　嬌美的耳朵
聆聽噩耗　並排的枕頭怎麽疼如船舷
神話形成於這麽近的地方

我們的分秒　增添一罈花雕酒的黏稠
恰似沃羅涅什一杯澆進凍土的伏特加
晚會開到墓地裡　亡靈狂歡
　曼德爾施塔姆　只有妻子
　　能迷上我們精緻發作的癲癇

在被撕毀　焚燒　拷打　蒸煮之後
在值得或不值得的疑問之後
水的棺蓋上　水薄荷砸著長長的釘子
他和我混合的那撮灰亮晶晶遞給你
才發現忍受一個詩人比忍受一首詩難多了

唯一的過去開始於倫敦一陣細碎的雹子
被人聽見　因爲河床瘋子般失控
那深處北極光喃喃低語

3　一九八九年十月九日，紀念日

人生的決定　時而太難時而太容易
這租來的房間板牆幽暗
如一張沖洗過衆多影像的負片
定影液浸泡著一場婚禮
我和你　衣衫潔淨得像剛被你
漿洗過的旅館床單
閔福德　鄧肯　斯圖爾特
三個朋友帶來香檳與花
十月詭異的春色　點燃
街對面一棵蘑菇形的小樹
這是奧克蘭　草地上鑲嵌著生命
證婚人的欄目裡一筆一畫寫下
一片世界上最湛藍的海

每個沒參加婚禮的親人的臉
都在那裡　火山灰染黑的沙灘
張掛一排巨浪冷豔的虹膜
早等在這裡　長長的下坡路像支歷史的
針劑　給我們注射錯亂的季節
讓老房子油漆剝落的粉紅色
追上風暴裡一頂帳篷　鎖住的白雲
鎖入窗框中天空的時速

我們的暈眩也發育成一個事件
恰如愛漫過每一夜的懸崖
一場回頭張望　推我們沒完沒了
縱身一跳這個日期裡
鬼魂的羊齒草鮮嫩肥綠

非得借兩滴小小的幸福灌溉不可
十八年一次　決定去死或決定忘記

一個島突出海面上一座陽臺
一個儀式　十八年後晃著一只檸檬的
金色　日子既沒變大也沒變小
卻一一歷數我們的肉的破碎海岸
詩再寫也碰不到一把指縫間漏下的
藍色沙子　你藏進雪白的蘭花
修飾患難的燦爛的脖子　歲月
像件贈給我們自己的禮物
珍藏得夠深　老房子拆除時咳出一口塵土
紅色獨木舟瞪著珍珠母眼珠出海
被雕刻成的正是被毀滅成的樣子

4 流去——寫在水上的字

河的書　總在撕掉血淋淋的一頁
滑鐵盧橋牽著燈光的彗尾
而你眼中滲出的黑暗
像石塊　錨在水下
看城市被潮漲潮落磨滅

看一滴孤獨壓彎光年的蛛網
我的臉也從你眼中滲出
一道擡高博物館的波浪
自由地　滾滾地　吞嚥更多離別
無論是水或是血

5 大海，安魂曲，首次，也是再次

船頭慢吞吞壓進一片藍　這一瞬
有什麼永遠碎了　海鷗的眼神
既美麗又狂暴　撲向水平線的船舷
帶路的是一隻龍骨下悠游的小海豚
穿透了什麼　比陽光油漆的皮膚更激烈
像背上黑亮噴氣的小圓孔一樣深
俯瞰著我們模仿鰭揮動的胳膊
和　剛剛抹平一個浪的內心

最徹底的粉碎是看不見的　水滴
把一雙手靜靜折斷　藍的隱喻
既給靈魂又給大海　蘸一下就斑斑龜裂
抽出　來不及退去的陰影就學著作曲

我們的兩只音符被一條水線串著
兩次演奏　使每個距離偷偷加倍
剝開海的刺　一枚仙人掌果紅如血緣的
肉　讓我們牙床上濺滿了彼此

我們已駛過了多少海洋啊　多少光
保持著年幼　磨快摺刀似的翅膀
一張床拖著航跡航行到我們的
成熟裡　家　從這個詞望去海水最蒼茫
潮汐的桌子上擺滿疑問　再推遲
一行詩句就是一塊浮石　遠方
好近啊　我們能感到它在懷抱裡孵化
愛　從這個詞想像濤聲拍打的形象

只兩個人　加一個星空　別無所求

只一天　一個擰亮又熄滅的節奏
把船舷邊畫下水痕的世界沖刷而去
你我的嘴唇安置什麼也不遺漏的結構
完美的漩渦　只待劍魚深長的一吻
黎明像個最後剩下的　最炫目的理由
值得交換我臉頰上淺淺的凹陷
當你醒了　在那兒停泊你的額頭

當時間　這音樂的語法　不談論終點
卻以每個瘋狂的一生照耀那終點
插在一個餘溫裊裊的洞穴裡赴死
不是無限平庸的下午一陣突襲的孤單
虛擬著無限　我們靜靜對坐的房間
淋著比無限更遠的細雨　聆聽
海浪破譯的電報聲　兩顆心依然驚訝

我們的鮮豔　儘管日子啞口無言

於是安魂曲和大海呈現同一種美
一首愛情詩等來首次　抖動的藍輪迴
無數次　每次一個不堪忍受的世界
精雕細刻一枝向你擎出的鳳尾
沙灘上無數條投奔浪花的路
用我們那條　指揮璀璨的樂隊
給你一個陽光修剪的腰身的調性
你擰著濕淋淋頭髮裡的海水

修復我的視覺　哦　活過
就是鋪開自己這張血肉的樂譜
寫下古老的蕩漾　撫摸
從一雙眼睛傾入另一雙眼睛的萬頃碧波

雪亮　等於皮膚下的暗夜
巨鯨的殘骸像盞蒼白的燈幽幽垂落
我們的美一如我們的碎　持在誰手上
雲來了　筆尖沙沙風暴的傑作

把你的手放進我手中　一個旅程
背誦一次就再經歷一次　詩這樣生成
水薄荷的纖維一百萬年只編織一次
綠綠你我　像個對慘痛詩意的約定
學會愛就是學會在一條街的甲板上穩住
學會死　虛無有多深溫柔有多深幸福
生成　你掌心裡的熱已滲透我的骨髓
兩隻水鳥翅尖一碰　停下我們的造形

水薄荷敘事詩（三）
——歷史哀歌

我的歷史場景之一：
屈原，楚頃襄王十五年

一道水的明亮皺褶裡疊印他和你的
腳步　一道光檢測著祖屋的老
像被判決終身奄奄一息的火塘
暮色也是件沒有時態的作品
把他的高冠　長劍　蘭蕙　華章
玉佩之叮噹　埋進你枕著的泥岸
小時候意味著幾千年？一排浪牽動
江心的大輪船　汽笛聲中等待之詩

早成相思之詩　水浸浸的距離
忘了也在一只明月燈籠的吟詠下
記住　祖屋旁的韻腳清自清濁自濁
相思自是一種交給毀滅攥緊的形式
哦　大夫　一間築在水中的斗室
小自小　大自大　足夠無盡徘徊

他和你都不會驚奇　「南州之美莫如澧」
一條河也有它獨一無二的體味兒
像美人　輾轉身邊如一根薰衣的香草
斷也是決絕的　一個投水的姿勢
令一段江面腰肢挺起　一枚玉玦
又一枚玉玦　追著水鳥擲入江風
多好聞啊一天天把你懷大的魚腥
從一千條河中選出這一條　嗆炸

大夫的肺　郢已破　東門已蕪
妃子已蕩靛綠的漣漪　該寫的句子呢
落一場非湖非海鎖入流向的大雪
女孩的身體鮮豔迎迓一首詩的冒犯
女孩默想　踢過的浪多遠了　多老了
水聲汩汩　屋頂　牆縫滲漏的黑
招認　當苦苦相思像個虛構橫渡不了
美人都不耐煩自己的美麗

五十二歲時我重讀被你揀回的
二十九歲　自戀像隻螢火蟲
睡著的火山懷著暗紅的年號
——「樹根緩慢地扎進心裡」
——「它學會對自己無情」
過盛的時間清澈過濾河底不流的疑問

水之老篩掉大夫春夜的惱怒
再讀　我們的才華連自戕都不會
只能忍住霉爛椽子上你的鄉音
滴進我的　遞增一只漩渦的聾啞
你的祖屋變賣給鷺鷥　吊著獸性的腳
啄起白白的屍體　我們連死亡都用盡了
何況相思　玩過的浪滾動成遠山
何況訣別的空書從不留下任何名字
哪怕叫澧水　模擬無人的溫柔
從一千個側面教給耳朵乾渴的詩意

我的歷史場景之二：
巴勃羅・卡薩爾斯*　一九五五年五月十五日

＊卡薩爾斯（Pablo Casals，一八七六—一九七三）西班牙大提琴家，一九五八年曾被提名諾貝爾和平獎。

紀念館的小門隱在旅客諮詢處後面
關掉節目單的五顏六色
一頭老象　突兀在房間裡
灰暗多皺地擺動

一根老弦把灰暗多皺的鼻子探入
下一小節　猛汲會痙攣的水
音樂　他的胸腔把驚飛的時代
改編成徐徐歎出的哼聲

玻璃櫥櫃中石膏的五指
還領奏著大海　一副小圓花鏡
還在摘下臉上悲苦的玫瑰窗
一只舊皮箱還在朝一切方向上路

除了故鄉那個方向　一山之隔
便是虛無　一只冷血的音叉校對他
踅入租來的家就一點點融入
朋友們的亡靈　一塊老繭

打磨決定沉默的十八年
空白的早晨層層脫皮成一首組曲
街道等在雨中　練習屏住呼吸
他的寧靜無限縮小了獨裁者

他的缺席把一張琴變得龐大
在一個有名有姓的回絕裡
刪去不值得聆聽的
歲月般瑣碎的

移開自己多餘的名字
他的菸斗　他的狗　慢慢轉過街角
都是深度節拍器　他的老年
（一如所有老年）　沒有渺小的敘事

那雙手令天空震動地閒著
知道　死亡更近
耽溺在不演奏時更怕人的柔情裡
知道紀念館的幽暗滲出血絲

（一聲錄音裡響了半個世紀的咳嗽
咳出這首詩　註冊我的網站被祖國
絞殺的一刻　噩耗
把我逐出聽衆的位置）

大洋環流的教堂裡一把木椅子
沒攪碎沉默　只鉚定沉默
歷史有個緩緩坐下去的重量
觸弦的是　重申不

在我誕生第八十三天
葡萄園的綠色樂譜叮嚀一個嬰兒
詩是什麼　儲存了十八歲的無聲後
大提琴地獄般的開口意味著什麼

此外　音樂呢
音樂在紀念館的石板地上灑水
罩著我們的愛的蔭涼　心
追上聽清慘痛的至少的幸福

我的歷史場景之三：

嚴文井* 二〇〇五年七月二十日

（天堂的半途——）

我總是趕不上一場葬禮

甚至貓咪歡歡也比我快
一座正午曝曬的陽臺也比我快
等著燙死的速食麵已吃夠了沙塵暴

圍棋盤上的殘局蠶食這七月
他在路上　天堂在不遠不近的地方

---

* 嚴文井（一九一五—二〇〇五），原名嚴文錦，湖北武昌人，中國著名童話作家。

只是他的死給小屋喚來造訪者
只是　最後十年清冷反鎖的
私釀的孤寂　再也不可造訪
匆忙的人生理解不了　兩根手指微微
抖動　黑白棋子間歷史倏然轉折
他的沉思夾著自己的落點
而我詭譎地想像一塊遺照上的玻璃
把凜冽的幽默都焐熱了
十年前一串從窗口扔下來的鑰匙
擰開悔恨　不接住就好了
一條拖著腳挪向小飯館的路
永遠走不到

或許能煞住頭腦中嗡嗡轟鳴的海嘯

「最後一次！」
　　　　　　　但他目光一閃
「沒有開始哪兒來最後？」
天堂列車上綴滿蠟製的貓眼
歡歡瞳孔中冷凝的熒火
像條蠟製軌道承運少年的雲
某個湖北孩子的頑皮
切開故事中一塊蠟的人格
影子返身割下難忍的生命
九十年　他寫一本書　而拖欠交稿的
三個月　像童聲嘹亮的缺口
廣場上盆栽的笑是編號的
背誦的節日臭臭舔向未來
某種人性的肺氣腫

發育成半夜嗆醒他的暴戾目的
某個想像力的渺小謊言
把別人的臉掀開一點　借著誤解
把公式推開　天堂無限遠
半途嬌縱如老年的色情
直到什麼都不發生的日子
比哪本書都說出更多
他額頭的光輻射燒融那麼多童年
最後一場核爆　冗長的世紀
精練成一個下午

紅廟北里　女兒一星期來一次
拿報紙　送食品　鐵窗框間偷渡陽光
歡歡的叫聲菩薩般圓滿

一本棄置到遠遠內心裡的舊棋譜
棄置不配鐫刻歷史的國度
天空喘息　小屋裡繼續飄落的灰
靜悄悄混合了他的灰

託夢的湖北口音仍在攀升的半途？
即將完成的視線在夷平樓群的半途？
天堂有鳥鳴　我趕不上葬禮
同樣　趕不上人生

我的歷史場景之四：魚玄機* 唐懿宗八年

（一首和詩）

斷頭的故事綿延成歐洲的雨
斷裂聲打在雨傘上　不像哀泣
倒像會漫步的醉　滿天紡著細絲
一條石子路鋪進兩場遠走高飛
　一杯酒　澆向她的死和你的歌
　兩綹沖淡　合唱的血色

為什麼我猜她的枷衣準淋得精濕
一如你　隨風吹灑的淙淙響的句子

＊魚玄機（八四四—八六九），晚唐女詩人。

爲什麼我猜一顆碩大的水滴
裹住上千年　你們的頭巾兜緊藥味？
　我的臂彎裡一張最嬌豔的臉
　猛地掙出大海幽閉的房間

寫她的死　你是否分擔那個死期？
一次處決　迴旋成織錦的回文詩
青山如刃　雪亮地掠過脖子
劊子手們跨時空的親暱
　扼住你們身上最細最纖弱之處
　才華和多情　自古犯了衆怒

這就是罪　毀掉一具具絕美的軀體
剝啊　剝出無所謂男女的辭
和眼淚　新年早上一陣孤獨突襲

藍天　卸妝吧　瀉下殺傷力
　她黏黏猩紅的長髮還挽在腦後
　打滾　像只掰開的石榴

咬著泥土　讓桃花片片對你耳語
不必怨　也別怕愛　只要一次
會心地對視　香妃墓上沙塵亮麗
如鏡　倒映千年間幻化的姊妹
　彼此的名字像散落風中的狂想
　愛得久一點　無論愛刺痛或一縷餘香

小城瓦萊賽的雨生不逢時
我走　像隻生不逢地的低飛的燕子
穿過你們　書寫的魚跳舞的魚
好香　破網而出的玄機

　揪心的悲歡味兒　窮盡
　照片上繼續燦爛下去的殘忍

爲什麼我猜最解渴的仍是時間這池
淺淺的水?當死亡不是畏懼　是事實
活過　愛過　寫過　斷頭僅標誌
盛開　我的腳步既向東又向西
　追上雙倍的不可能
　笑意　才釘進一雙最憂鬱的眼睛

她的或你的?唐朝是件縹緲的羽衣
所有凌波步都向一個熟識的身影折回
死一次　碎玉打翻青羊宮的荷葉
生無數次　我們不開燈的房間裡
　掌心疼得奪目　血跡
　深陷成刀尖下豔麗的純詩

我的歷史場景之五：
修昔底德斯*，當他徘徊在錫拉庫薩**

海浪不騙人　它的雅典口音
纏著死者墳上一枝枝斷槳
溺愛的藍繼續划動
陽光鏽住了　眼眶的無花果
空著　那擋在回家路上的半島
不存在　我們來這裡
只爲嘗嘗自己肉裡滲出的鹹
大理石滲出雪白的詛咒
證實　傾圮不分地點

* 修昔底德斯，古希臘歷史學家、思想家，記述了公元前五世紀斯巴達和雅典之間的戰爭，著有《伯羅奔尼撒戰爭史》。

** 錫拉庫薩，位於義大利西西里島上的一座沿海古城，島的東岸，此城是古希臘科學家兼哲學家阿基米德的故鄉。

廢墟的側面支離破碎
密密刻滿字母　俯衝如
一隻隻從他掌中凶猛攫食的海鷗
水平線的叫聲又冷又亮
那刺穿青銅盾牌的水
結晶在死者焦渴的嘴邊
像個妄想中的勝利
修昔底德斯　來此尋訪亡靈的
袍子裡的風鼓動獎給一切詩人的
叛國罪　不認識的詞
「公元前」　踩響地雷
可樂瓶　碎電腦　靈柩
跨著正步　蒙在國旗下
擺進翱翔的機器
他的儀仗隊是個乾裂的港口

柱廊和蜥蜴　相同的兩棲類
聽見心裡一片海日日退去
舔不到腳趾的燦爛波浪　拉開
曠野　撕散的棉桃像兩行足跡
我們的遠征總背對海
像一場和自己無休止的爭論
「他們蹂躪了那地方，就回去了」
史書這樣寫我們死亡的意義
奇形怪狀的海岸上
仙人掌果墜著血紅的乳頭
束著腰的胡桃樹下
毀滅背對每一個故鄉
「他們蹂躪了那地方，就回去了」
簡潔的句子拖著地中海
刮平的　神諭摸不到的海底

羅馬　拿破崙　不列顛
一捧捧火山灰龐然倒扣下
瞎眼的鷹扛著今天的帝國
但我們是回不去的
烏有的意義是回不去的
我們的家埋在別人粉碎的家裡
修昔底德斯精緻研究
一朵浪花跌落的絕對性
我們的蹂躪　唯一贏得了
一聲槍擊的沉悶感謝
一片走投無路的搖落的松蔭
對每隻耳朵都是外語
沒人聽懂時只對自己說
活人聽不見就對死人說
修昔底德斯　本身是亡靈

沿著希臘的潰敗　布置
一座兩邊都是海的高聳的石門
湛藍耀眼的穿越
等於同一場沉沒
回家的路本不存在
因爲大海那邊本沒有家
因爲我們比大海更空曠
唯有厭倦這唯一一邊
厭倦於自己的分裂
和在潮水上記錄分裂的努力
一個吹散雲朵的深長歎息
震盪肺腑　伯羅奔尼撒不在
紐約　伊拉克不在
未來屍首預約的手術
濺起堆堆瘋狂演講的泡沫

早縫合了　樹葉翻開慘白的底牌
我們的魚骨斜插在書裡
盯著看　四周粗硬的沙粒
湧出腐蝕的顏色
修昔底德斯撫摸一個淤血的字
大海這塊痂　撫摸過
被蹂躪的人的可能性
回不去時　回到
一枝戳疼天空的斷槳
第一眼就被藍的濃度寵壞了
把噩耗研磨得更細些
寫出歷史

我的歷史場景之六：

克麗斯塔・沃爾芙*　一九九二年

柏林的滿月復活一次背叛

她寫過那房子　此刻房子走出房子
她寫過那街道　此刻街道漂流出街道
她寫過的大海抬高剖腹產的床

卡珊德拉　美狄亞　克麗斯塔
血淋淋押韻

誰給陰影一個輪廓不得不血淋淋

---

* 沃爾芙（Christa Wolf, 1929-2011），是德國長篇小說家、隨筆作家。她曾是前東德最有知名度的作家之一，著有《卡珊德拉》等。

像月光的視力　刨出
女人薄薄掩埋的銀白骸骨
鋪路石透明分裂的眸子
盯著牆的平行線　邁錫尼　科林斯　北京
滿是彈洞　而卵巢像靶心
她在一座座城市的碎玻璃上赤腳起舞

情人們睡進冰川的懷抱
跟著步伐嬌小的作品移動

刺繡現在　肉吱嘎作響的擦痕
編織一次褪色　檢查站的
探照燈像女巫爆炸　滿月雞尾斑斕
被過去辭退才雙倍嘔出現在

她寫不潔　劇毒　精確之美

一把鐵椅子又冷又硬硌疼室內
一聲輕輕甚至刻意溫柔的「說吧」
一顆心陡然沉下去的空
嬌小的「完了」受限於重量的物理學
呼喊從攏在嘴邊的手指間泄漏
勃蘭登堡門前　那女孩兒
聽覺的金羊毛正兌換成
一簇鏽跡斑斑的青銅陰毛

她的寫　寫下我們之間銀波粼粼
一個填滿徵兆的黑海

背叛　每個對她背過身去的牆角
出賣　鏤在抿緊唇線上的冷笑
償還　月光的債　越皎潔欠下越多的債

克麗斯塔　美狄亞　卡珊德拉

背叛不值得的活
同時背叛不值得的死

房子走出房子　水底廢墟嶙峋
街道漂流出街道　水波複製著恥辱
自行車蒙著林蔭上演一部歌劇
徐徐捕殺自己孩子的夜晚
從柏林遠行　抵達
只有女人試著薄薄掩埋的

血污之美　急促之美

無數滿月辭一樣準時升起
肯定最初一輪豔冶的構思
愛上還能繼續漲潮的疼
活　在　死亡深深的照耀中

我的歷史場景之七：
葉慈，現在和以往，斯萊歌墓園

大海是一個諾言　至死不兌現
才一次性奪走我們的眺望
他的名字牽著約會的另一端
等了二十年的早晨　風聲格外囂張

本布林本山的靜默綳緊鬼魂的藍
全世界的韻腳　應和一排海浪

成百萬塊化石貫穿一條血腥的線
我蹦著走　像被舉在一滴水珠上
我的影子也像動物　爬過海岸
有小小肉體扼住呼吸的瘋狂
有背著光的　陷進石縫的雙眼
有個堆積的活過的形象

什麼也別說　小教堂的語言
刻成孤零零的雕花柱子　月光
把嵌在廚房窗口的本布林本山推遠
山脊上一抹天青色　從他的詩行
斟入我的一瞥　用二十年變酸

一個未預期的我又已是陳釀

陳舊得能和他共坐　消磨愛爾蘭
空曠得迷上一陣鷗啼的蒼涼
他耳語　大海的縫合術鱗光閃閃
一次靠岸仍靠近離開的方向
當汽笛鏽蝕的喉嚨飲著渾濁的夏天
這個吻　有訣別味兒　濺到唇上

濕過　再醉人地被狂風吹乾
他的墓碑擎著冷豔的青苔香
遠景在我的呼吸間撒鹽
騎馬人像大海放出的白雲一樣
允諾　碧藍弧面上一條宛如鎖死的船
一次性完成我們的眺望

水薄荷敘事詩（四）
——故鄉哀歌

一、路

距離是我一生的詛咒
當蟬聲以誦經衆僧的俯仰之勢遠近
而鳴　環湖中路像座酷熱的經堂
蒙著灰塵的綠沉沉下墜
陽光改寫貝葉上燙銀的文字
空間充斥汗味　自行車
悟透了終極在洋槐樹下生鏽
水泥小公園悃得水霧迷濛

頭頂懸著隻缺席的海鷗
我穿行於紅磚群島間
一個明亮的姓氏衣著泥濘的白衣
率領滿城仿古的琉璃鴟尾
蟬聲的黏合劑把報亭　西瓜攤
攪進昨夜暴風雨的水窪
走三分鐘就到了　三分鐘後衆僧
轉身　吟哦另一個刺耳的無限

二、雪：另一個夏天的輓詩

與活相比　詩算什麼　夏天的房間
堆滿我們自己的雪　供桌似的雪山
萬匹素白　無鳥的天空滿目煙黑

喝　擴散腫脹噩耗的　必是一場大醉
再冷　死者也不怕了　我們攜來苦酒
相擁而哭　哭出的夜在海拔上漂流
帳篷邊　南十字星低低拎著冰柱
血裡一滴酒精　世上一次輪迴的虛無

再遠　也無非消失成雪花的六稜形
千年之雪　一把抓起多少時空
裹著白綢不願醒來　每天裹著灰燼
活算什麼　夢更難忍　儘管我們殊死否認

三、路

是否所有海灘上狀如白骨的浮木
都有同一個起源?是否這條路
風中都是海鹽味兒的血緣迎面拍擊?
父親的家有個濤聲組成的地址
我起伏行走　像被扔進
一粒苦杏仁咀嚼過的那麼多嘴
是否這塊觸礁的路牌寫進多少首詩
我就有多少個過去?是否一張漁網
僅僅為漏掉?祖國　發音像結石
砸著父親每天塌陷一點的腎
是否回家意味著撿回一枚空蚌殼?
剜掉的蚌肉不對別的眼睛存在
同樣不對我存在　踩著滑板

跳過雲朵的男孩子全是失重的
是否太陽也像顆慢慢深黑的老年斑？
是否思念的人就還被自己驅逐著？
還沒追上父親　耗盡畢生時機後
那一抹微笑

四、移動的房間

發出脆響的鐘　夢　和一袋米
某個深夜一把鑰匙的開鎖聲
開啓它的行程　爸　這房間移向你
這被召喚出的地點彩排一種更正
遺失的月色都遷入刷白的四壁
一道窗簾飄向你　幽靈般透明

幽靈般住在過去　夏天
登上一架血肉的梯子四面回顧
這被召喚出的風來自人工湖那邊
這地板襯著微光緩緩遠足
從過去到過去　這城市晚霞斑斕
爸　那是你　釀就時間的厚度

兒子抱來的西瓜　蓄滿粉紅色
兒子的目光鑲在門牌上像個符咒
童年旋緊螺絲　發甜的死者
在一圈圈地平線裡擰著一只線軸
細細的鼻息中一縷晨曦　脅迫
日子　悲苦和欣喜的同一結構

門小心掩上　房間棲息進詩行
香著追趕家常菜婀娜的舞姿
睡著了也覺得枕邊水仙的臂膀
溫軟流溢　摟住一秒鐘的玲瓏精緻
聽啊　消失撒下瀑布聲　衝撞
我們就顯形　從頭再漂泊一次

五、路

從環湖中路到泰晤士河甚至不必過橋
一條河邊擱淺的船排練完所有房子的腳本
甲板擺滿繡球花　舷梯上攀援著孩子　槳葉
一隻鐵蜻蜓　肥厚的五指扇著爛泥味兒的嘴巴
黃銅船鐘每天兩次校對擦得雪亮的時間

突然　忘記海風的桅杆從一場暴雨收聽到
隔世的溫柔　如今河在船艙形的臥室旁流過
如今橡木窗框中鑲嵌的既不是岸又不是水
卻有一種累　比海上厭倦了眺望的眼睛還累
擱在這兒　呼吸比蓋著青苔的小教堂更遲緩
一灘鳥糞垂直落在一行詩藏進落葉的鞋子上

六、京劇課

牡丹簇擁　細細的蕊上站著亭台
她的腮過渡給他　夢半紅半白
他的多情婉轉成她春天的歌喉
人耶鬼耶　不可能的美裊裊於世外
裊裊近了　撲鼻的粉香托起肉香

蓮步　雲靴　蹚得漣漪滿池漾開
他唱　而她爲每個拖長的尾音簽名
人生如戲　可並非人人都演得精采
——父親說

東安市場　吉祥劇院　金魚胡同
都追著妃子　雲想衣裳花想容
歷史想著卸妝後的斷壁殘垣
她和他　美目流盼塡充虛無的劇情
水袖甩著千年　誰在乎乾透的名字
酒杯看不見地斟滿　看不見地一飲而空
勒斷的脖子懸在一場黑暗的堂會中
旋舞　真剪下的花頸迎著假的年齡
——父親說

世界埋伏進空氣　隨一聲鶴唳
而顯現　朝代啊　殷紅慘白都是喜
一隻咽喉深處逼出的唱腔逼出滄桑
永遠同一個故事　永遠這對男女
踩著舞臺的邊緣就像歲月邊緣
踩著現在的刃　懸崖下大海遠去
她和他俯瞰我們　非風韻到極點不可
爐火純青啊　貫穿耳畔的沉寂
——父親說

七、路

但酷熱也在複述一種久遠的親情
街頭叫賣的小販　懷揣各自的珍寶

一場歌劇衙接得恰恰撕毀一隻耳朵
水果攤老盡一顆顆甜腥的少年心
三分鐘　壓縮版的黃庭堅
播映還鄉的跋涉　父親演繹一個終點
一百萬扇油煙四溢的廚房窗戶凸向
月亮　路燈水銀色的裙裾
在縫合或粉碎夢的完整性？
三分鐘　走完慶幸或悔恨的族譜
熱　水蛭般叮進異國情調的母語
我的拖鞋的遠洋船　被萬里浪打得
斑斑駁駁　在掙脫或淪入
一條最深的海溝？父親咳嗽聲的
浮標間　每一步跟上航道
怕人的吸力　這首詩和我
同樣把妄想當作歸來

八、雨夜

這大雨之夜只留給世界漆黑的想像力
窗臺掉進一個成千上萬噸的瞬間
顫抖　誰說宇宙間水最孤獨

當人還能更渺小
守著一盞燈　守著海底
一枝捨不得睡去的珊瑚

這裡的大雨之夜
滿地激流倒灌進耳廓　天空的
滔滔不絕有個絕不混淆的口音

一小時　在鞭打中腫脹
一棵狂風折彎的小槐樹彈上浪尖
它的彈力射出它的晶體

它的烏雲雕花　雕成一杯茶的縱深
聽著隔壁驚醒的孩子　啼哭成
不是回憶的故鄉的縱深

卻更猖獗地加速　整夜
耳膜上所有失去的可能性嘩嘩潑下
地平線撲面而來咆哮而去

掛在更渺小的眼角上　一滴
含著你我　還在猜分別的含義

還徒勞地怕噩夢的卵再次分裂開

九、路

爸　人生怎能有許多路？腳下
這條　或海面上秘密關掉的那些條？
　兒子　八十歲只留住一個黑夜
　磨快的鋒刃足夠慢慢把玩
爸　日子剪輯成一張張老照片
間隔著發黃　燈下我們翻看誰的影子？
　兒子　一串快門聲分解你
　嘴裡漸濃漸苦的定影液又黏合你
爸　這間小屋裡你帶著世界自轉
按下錄音鍵的手指　也按住

一生失戀摩擦的火花？
　兒子　沒有什麼不是快樂的知識
爸　玉琮裡血絲紅豔鮮嫩
活像腋窩下閃耀細細汗光的女孩兒
流浪　已給定黑暗的緣分？
　兒子　一條不放開你的路已
夠確切　夠瑰麗　生命的海市蜃樓
浮在沒人注意的一分鐘

十、銀鍊子（插曲）

深深拔　銀製的密語

深深　環環相扣的錚亮日子　拔

自肉中那枚摸不到底的洞

夏天的湖岸上陽光鍛造一只錨
我們搖曳　水的耳語也在
床上　水痕一波波舔向
細腰捧起的嫵媚的肉窩兒
動　銀子一股股絞緊
腳尖鈎住腳尖的金屬繩
拔呀　無視你的嬌嫩

自又一年散開時拔璀璨訣別的一吻

美如一首弦樂的湖岸休止不了
我們踱步　密語的質地切斷不了
夏天的焦點如此奪目

被兩隻妖冶的翅膀死死護著
顯示荷花的要害
自己都驚恐　一種
仍然盯著水面的韌性

仍在畢生提煉著糾纏之美　鉚定
恥骨與恥骨環環相扣的零

拔　出　血分子裡碇泊的一朵荷花

十一、路

蟬聲以誦經衆僧的俯仰之勢吟哦
茫茫的美學　一條街氾濫著清晨

三顆星種植在我墨玉的額頭上
哦蟬聲　吟哦摧毀時間的美學
走在時間裡的那人脫掉多餘的部分
覺得沁涼的重量從綠葉間移到
壓住的舌尖上　一塊玉叫嚷無聲
昆蟲的小小顱骨支起天空的拱頂
哦茫茫就是一個人和宇宙並肩上路
哦東方就是任酷熱的藍貫穿彼此
鎖骨就鎖住了萬古愁　地上地下
我扇著一對絲織的翅膀　仙人之美
就是孤絕到極點　環湖中路上
我模仿父親每天把腳步放慢一點
紅磚樓群模仿海上嶙峋的巨石
夾擊　洶湧的　探親的一隻蟬
無處來也無處去　除了

有個和舌頭雕刻在一起的硬度
泥土中採出的舌頭　搗毀呼號
徑直　歌唱突入死亡內部的現實

十二、敘事詩

沒有一個街角　路牌　車站
不在檢舉我們　像語言
沒有一株垂柳不在收緊碧綠的網
圈住瘋狂轉向的魚群
讓稱之爲故鄉的　遊動冤魂的情節
被體內鈣化的雪驅逐到烈日下

柏油青煙裊裊　雲中之鬼
熱中一張從反面沖洗世界的負片

烘烤一個考古學中
蒸發不完的　雕欄畫棟的此刻

想召喚就召喚出滿街濃濃的肉色
想終結就終結　像母親

躲進一把黃白色的骨灰
早已寫下的芳香　擺在我案頭

敘述體溫那件事　血壓那件事
漆黑峰頂上一顆流星爲我們摔碎那件事

摔碎無力說出任何東西的眼睛
一塊老玉修煉億萬年

精選出詩這唯一一件事
無言的結構剝開無數哭喊的方言

繞過星空　朝父親漫步
還原爲寓意本身

水薄荷敘事詩（五）
——哀歌，和李商隱

「一自高唐賦成後
楚天雲雨盡堪疑」

而楚天恰是多雲多雨的
而昨夜星辰昨夜風　唯一隔著
兩個字之間的清霜
而誰在踱步？一隻船泊進
水上水下兩個世界

雙重的茫茫　他的香
歎冷我們的流水

一灣暗綠吞吞　吐吐
舔過油漆成黑色的鐵船殼
一種老橡木的明黃色　攥緊
老式方形的舷窗　窗紗後
他的假寐　切入小公園死寂的草色

他停下的音節劈開句子的千江月
水的長街上　鳥翅逐一抹去
風暴的理由　鳥嘴啄空
一粒野漿果的豔紅被灌木鐵絲網
圈禁的理由

茫茫　波浪無岸的呵護
他的凜冽中
還有什麼沒寫盡？

而我們早就像一個疑問一樣
存在　當你記得的河谷秋意更深
一幅楚天逸出挽入水聲的長髮
雲和雨　隔著擺成一千年的思想
讀吧　所有詩剝開都是愛情詩

●

「山上離宮宮上樓
樓前宮畔暮江流」

而最美的愛情詩必是一首贈別詩

非訣別不可　一封信
踩著千年間所有最後一瞥
非無視無題怎樣提煉暮色的黏稠不可
我攀登過的那座荒台
非得拆毀成純粹遠去的你

性欲的純粹顏色
皮膚在萬丈懸崖上縈漾淺黑
抱不到時湛藍發亮
一次摔碎鑿刻一道錯金的水面
都醒在夢中　他寫比雲更遠的夢中夢

我們被一堆亂石早早望見
夜夜　王　飲著不可能的毒酒解渴
唯美　就是愛上不可能本身
疊字清音波蕩　逼人掉頭而去

●

「書被催成墨未濃」

就這樣我們搖曳在千年墨色中
推移　河谷寫成的天鵝的倒影
潔白羽毛覆蓋著暴力　水聲的
哀箏銜接滿巫峽草莖的急管
更換一隻老船裡緊貼板壁的耳朵

抽血一樣抽走日子　哪個
是不能翻譯成音樂的？偷聽相思
與灰燼　何必問貫穿誰的節奏？
我們輕輕磕碰石岸　足音淋漓
令遊客回頭　這墨色
研了千年仍不夠濃
繃直一根綠綠油膩的柳絲

就這樣我們用五首哀歌互相道別
和自己道別　五個辭行的長句
給一條河一個慢慢傾吐出的結構
一盞會作曲的燭火埋在水下
用五種腥味分解一條魚
五條樂譜線平行於早晨的鳥鳴
每條攥著一種玲瓏的聽覺

每陣雁叫裝訂一本回眸的書
河水翻找潛藏肉裡的一枚枚冬至
燒製一件落不上紅葉的青瓷
就是揮別了　身邊這道漣漪
總是蓬山萬重外最後一場冷雨

就這樣歸納爲狂想　掏空辭
辭才被說出　不改呼吸的密碼
詩才等同一種窒息　我們不信任的
語言歸納我們抓不住的生命
虛無絕美　你徑直揀起這本書
他留下的船標點逝水
我打磨一面面無關月光的圓圓鏡子
那不怕摔碎的　滿抱沒有瞬間的
珊瑚　水母　彩色盲目的小魚

寫下一首詩　世界已可以消失

●

「小園花亂飛」
「所得是沾衣」

活埋在玉米田裡的階級敵人感到
鋼筋和打樁機　滋長陰謀的鬍子
一只水泥小甕盛滿尿　淅瀝的雨聲不變
而發酸的外語品牌的春天澆濕總轉到腳下的星球
對於**現實**　我們知道些什麼？
情人最初的白髮短短細細鏡中如此嬌嫩
另一個女孩沿著銀色的索道滑行

女兒的更蒼老的女兒　被捻著
像縷鼻息　旅館浴室中從身後滿捧乳房的手
哈氣般散去　窗外夜空的一朵蓮花散去
對於**愛情**　我們知道些什麼？

海岸上僵直盯視水平線的動物
垂下化石的眉毛　雲恰似又一個朝代咳嗽
踅進腔腸　雖然遲暮傳染病在皮膚上擠滿疣斑
可對於**歷史**　我們知道些什麼？

一個人裡面是一群人　遠遠走著
每條路繪出美人兒的曲線
一群人　忙忙引用一個子宮濕潤肥沃的出處
因爲贖不回出處美人兒嬌喘吁吁
用亂倫的歡叫拉長地平線　像徽宗放飛的鶴

對於**故鄉**　我們知道些什麼？

除了一個字　像座高閣目送著客人
像個漩渦　不停自終點內剝出終點
問　還有多少黑暗錄製在一次激情裡
急急剷除天邊的積雪　拂淨白紙上手之落花
對於**詩**　我們知道些什麼？

●

「十二玉樓空更空」

我一次次從空中張望這片水
機翼撫過北倫敦　家何在？
一長串繪製雲影的內臟形反光何在？

一座花園是一塊綠色斑斕的鏽
緩緩退去的樹林退還給水蛇的沼澤
幽暗樹梢背後一片詭譎的紅光何在？
（貝爾　冰川的黑舌磨擦你的章句
曉渡　大風夜的灌木越無燈越明媚
帕斯卡爾　譯詩必經的河谷
必然是無底的）玉樓升高
十二層　水薄荷中亡靈吟唱
孤單夜游的天鵝拖曳她的三角浪
一個邀我認出的涵義何在？指乾
署名的角度　從空中踩碎黃白色固體
機翼揭開一望無邊的鹽磧

●

「歸來已不見
錦瑟長於人」

一首贈別詩從八五九年寫到二〇〇八年
李商隱　他的梧桐數盡盤旋的鳳凰
他的女道友一一羽化爲絕望的韻腳
他瀰留時眼中的藍　收攏一生
潑濺到筆下的血跡

我們的血跡　不做夢的人夢見了
最美的山頂上嘴對嘴呼喊的霧
引渡河谷一夜刷白車窗玻璃的霧
你從十頁紙的小論文到一個吻
得進化多少年？指尖噓著寒意的一觸
否決永遠就到了不解凍的永遠

寫多笨　那就別寫　這個冬天
完成的冷　讓一首詩潺潺沉在水下
都是霧　環抱中震盪的裸體也是
誰夢見誰就回來

憂傷的詩何時才吐盡憂傷？如他
四十八歲的畫舫載不動的　大醉的
他燃在琴臺上的那炷香複述不出
她們那縷煙　他的墓草青青
如水仙　吹奏一根粉紅色的鮮肉笛子
過多的人生　過多的無力

我們的無力　把回來的情節變成
一次星際旅行　你乳頭上的香
隔開一分鐘已是株輪迴的植物

一個漸漸渾圓的腰身帶著結局的驚恐
眺望一雙溫存的手　一再
丟失進修辭　這本書徑直揀起我們
聽清深夜嘎嘎的開門聲
每天建造的裂縫裡　哪個青春
不是晦暗的　虛擲的？年年朗誦
時間的空白　用我們
帶在身上的終點淹沒他的終點
枕著的水波汩汩流淌　詩恆碧
詩人心甘情願騎乘著隕石

●

「暮雨自歸山悄悄」

一首詩是我們拿生命抵押的全部
一首詩　陰戶邊緣微微燒焦著
繁殖劫數　迫使一次贈別愈加色情
哪座荒臺不是巫峽旁我登臨的那座？
雨後的燕子穿縫斷簡　殘雲　王夢
荒臺即祭臺？你我本來就是傳說
被日夜流淌弄真了　懸崖下錯金的河
目睹交出自己的形式

一首詩教我們實習一種死亡
哪首不是這首？你眼睛的年關
注視更深時　山中的靜注射得更深
我不捨的是愛還是內分泌的茫茫？
桌子撤向遠方的血肉都有濕淋淋
女性的語法　祭祀的大海固執於

一株拒絕移過新年的野茶樹　長成
謊言傷害不了的形式

「女蘿山鬼語相邀」
「碧海青天夜夜心」

●

李商隱可以是一隻船的名字
剛剛下水的　還不知過去未來的
船塢裡一方小小的波浪　搖蕩
共時之藍　金屬的嬰兒皮膚上
幻覺之藍　吊車的鶴向下觀望
星期日的大洋停頓著

一個離亂世紀的休止符

自離亂的陽光滲出　那船體雪白
那沉睡巨大　那等待把一隻海鷗
派遣爲隱喻　代替風中解體的人
船舷上一盞燈無緣無故亮著
照耀一堆無緣無故衍生的鋼鐵

水薄荷都有劈開風聲的船頭
歲月什麼也不說　只聽頭上
某位鬼魂作曲家叫著　笑著　玩
一個每天的零被海平線整理成型
一架小風琴　他的　卻招我
飲一杯　兩個時代的濁酒

共用一場醉　兩首贈別詩
分享一個加速儲存黑暗自我的語言

不分彼此　一頁碧藍的樂譜
挪動某隻被演奏的書寫的手
分不出彼此　水上水下雙重茫茫
累斷彩鳳雙飛翼　哪兒有彼此？

除了一顆心　鬼魂似的邀請
離亂的美學　李商隱鑽出又一個浪
李河谷預約了油漆拍碎的歸來的
死　我們的重逢也造好了
和自己告別是每一剎那的事
譯成風的無辭歌是同一剎那的事

夜的無題詩　夜夜美豔
那會流淌的銀子　塗掉流過的痕跡
非模擬皮膚上一片愛戀的光澤不可

推開情人的觸摸　一個軀體
滲漏進另一軀體　航向
不可能的　刺耳的　肉欲的　深

鬼魂作曲家早已設定的結構
非模擬水不可　一叢水薄荷
清清的苦　苦苦的香
非完成整個存在不可　船和人
誕生就是詩的隱喻　詩祭奠
仍是一次手牽女蘿終古交尾的隱喻

我們都在　一篇
王夢過就再也難忘的長賦中
被加工成一朵雲之聚散
一群星之起落　楚天上縱橫

做愛的軌道迷醉於精液芬芳之藍的

音　樂　會

●

錄引李商隱詩：

有感（非關宋玉有微辭）

楚吟

無題四首．其一（來是空言去絕蹤）

落花

代應二首．其一（溝水分流西復東）

房中曲

水天閒話舊事

楚宮（湘波如淚色漻漻）／嫦娥

第三部

哲人之墟：共時・無夢

小快板

置換之墟

暴風雨擲過頭頂　航班又一次取消
窗外豎起的海面　數著
玻璃上墜毀的碎石聲
時刻表無盡拉長一個此刻
尖尖翹起的停飛的機翼
抖動時速八十英里的候機室
如憂鬱症抖動一個女孩兒

一只等候的小沙發陷下
不多不少現實的深度
讀完一本小說需要不多不少

晚點的生活的語速　一排巨浪
撞碎　讓你從一根試管中窺望
一場萬雲澎湃的絕望的化學反應
水泥跑道孤零零滑翔

天空黑暗審視的眼神下
女孩兒舔著藥味的唇
你舔報廢的瓢潑的
方向　砸著岸
一個坍塌在軀體中的重量
析出耳畔失重的聲音
「改期還是退票，先生？」

銀之墟（一）

一只瓶比愛的轉折快　帶走
細心鐫刻的霧靄　密林　山岫
沿著小徑　溪水向下　你向上
都是視線的遊戲　擦亮流淌

甚至不留下流淌的痕跡
比白晝快　那修飾你腰肢的力
拉緊黑暗天空中那些星子
隱居的雲海閃閃爍爍滿是詞

掛在你小屋前　五六隻雨燕

緩緩生鏽　把世界再遺棄一遍
每天醒來的作品　肌膚如銀
空茫海水下空置的岩石都如銀

聽　遠古的首飾匠叮叮錘打
你迴避　比被捧出更像一朵花
金屬沉入廢除一生的假寐
廢正是意義　墜著金色的耳垂

瓶抖開光的璀璨瀑布
一道小徑排練沖刷聲的歌劇
溪水白亮亮向下　昔日在臆想中
你摘掉自我向上　一種抒情

雲一樣高　漫過對面的山脊時

歷史一無所求如逆向的性欲
輕拂這瓶　比鐫刻的西風薄
你忘了身上滑落過多少顏色

銀之墟（二）

山花野果要什麼名字？她說
她抬起眼睛　三十年前的清波
漾著香　取代花蕊那縷香
山之蕊　一瓣瓣剝開詩行

眺望中仍未完全變黑的下午
夜還在收緊懸崖　臨風處
一潭水泛起暗色滿浸寒意
從腳下　把你驅逐進一點餘暉

認識的反面銀光閃閃

擎著針　扎穿鳥鳴奔逃的藍
深處亮起的燈火剜去山字
骨髓裡陣陣疼剜去冷字

而銀不是字　是挽緊髮髻的空
山氣瀰漫中她的眼睛
山路般陡峭　一雙麻鞋
留一枚讓你無盡抽絲的繭子

抽　一種不得不愛上的陰柔
摩擦粉紅色　哦一個隘口
要什麼名字？裸露隱匿都是美
偃月冠下一世界閱讀不盡的美

一聲反問來自滿枝如雪的花朵

折斷三十年　那兒沒人說
斷的香　愛你就性你　百萬次
死過的名字都這樣成爲真的

銀之墟（三）

慵懶的槍倚在唇邊
睨視　一株汗腺浸濕的水仙
細細的狐狸味兒被追捕到底
是不屑逃走的味兒　輕撫醉意

槍口似的幾乎睡著了
裊裊的玩具輕煙　玩具般掃射
一縷親手包裹成行李的體香
一把殺生的雪　殺　他的遠方

墨就是雪　一對錦繡書童

合穿一件夜行衣　詩是征程
兩片月色護著他的萬里外
和你的陽臺　一朵雲的迷彩

給一扇紙窗安上訣別夜
無所謂錯的方向　讓嗅覺
倚著你體內人生唯一的方向
「心疼」那個詞　一聲槍響

你終是沒有忘　而他炫目
如背對陰陽的挺立的乾屍
唇間天涯鎮快遞一根仙草
到酒鄉　血淋淋吻　血淋淋笑

血絲兒沁的汗意射穿那人

秋　啊　秋涼最適養心
槍口滑落　雪　潛望著歸來
讀懂世界那滴墨　躺進潔白

哲人之墟

他們可能只不過在談論山羊
緩緩嘞一口茶　濃了暮色
連成一片的松針上漂著月亮

松香味兒的大樹穩穩撐著
四合的山影　潑掉一日鳥聲
一張青石凳反鎖遊客

諦聽中　他們被口音剔淨
一只瓷茶杯沉澱如玉的遠方
輕輕放下時仍溫潤而透明

錫拉庫薩詩群：生之墟

等在終點上的雨也錘痛起點
大港深邃如耳廓　防波堤迎向
青銅鑲嵌的雨聲　旅館窗臺下
濺開的繡花披肩圍著秀麗的肩膀
一種撥動石頭流淌的雕刻藝術
還給大海時　等在浪花中的乳房
向你突起　雨織入款款的衣褶
一件灰白沉思的袍子從窗口
覆蓋到床上　讓睡眠不停出海
聽到你　一點點漏出古老的夢囈

二

雨線的鐵鏈從天而降　扣緊
語言　你加速儲存的漆黑自我
四月的石壁上又一柄鑿子
加深囚徒們絕望抓出的指痕
床還在這兒　你肉做的石坑
囚禁著哭喊　說出就在追逐潮水
寫　海藻中沉船就深深起伏
又一朵鎖在追悼上的浪碎了
又一座勝利紀念碑踩著磷光返航
任何語言裡四月都是斷壁殘垣

三

但你得自己走一次　淋濕一次
感受一個夭折的胎兒像海豚潛泳
繞過珊瑚一點點融入海水的墨綠色
一百三十六天暴露袖珍的女兒
一顆謝絕成型的小心臟解散成
波紋的弧度　一綹黑髮甜甜改編
不透明的歷史　大海碧藍的磚縫間
有隻蜥蜴金綠色的眼珠返回
用最小瞪著最大　眺望的海面
把世界像條多餘的尾巴一口咬掉

四

在雅典　詩人帕特里裘斯*呻吟「夠了」
西元前四二三年的雨對頭顱夠了
噩耗的頸椎斷了　大理石的巢
棄置松針間　慘白潰爛著思想夠了
祭壇上公牛屠宰前陣陣哀鳴
刺激春草　死者發苦的清香
爲了誰又掛滿旅遊手冊的枝頭？
咽喉埋進電喇叭能撫慰什麼？
希臘語的眼窩裡海是一把乾透的
塵土　太痛苦了　別折磨亡靈了

* Titos Patrikios，當代希臘詩人，生於一九二八年，生活在雅典。

五

但你的亡靈在身上不安波動
鎖著划槳的藍像隻開屏的孔雀
比絕壁高一點　比歷史高一點
亮晶晶塡充墜毀一滴雨的重量
一個胎兒和七千拍賣的奴隸列隊
比沙石小徑低一點　更低
哭聲從地下握住趿著涼鞋的腳
你雕成一個拚命仰望的樣子服刑
藍遠得像家　海底無限沉溺
一滴雨落了千年還沒觸到你的臉上

六

一場錫拉庫薩的雨混淆了時間
在書中下　組成文筆冷冷下
你眼中總有座在移開的雕花窗臺
帶著牆頭濡濕紅豔的薔薇
那裸露雙乳的女人迎面走過
殘破的字虛掩一團怯生生的肉
時間打著皮膚而你躲進器官
茫然打著器官而你躲進狂想
漆黑的石柱打著大海　看清一聲
「啊」　它新月般懸掛著復活

七

遠眺發明幾何學　女兒隱身瞧著
你腳下踢起的石頭　一次死
翻開人的灰燼　一條石車轍踅入荒草
翻找一個聳立在暗處的字母
無聲爆發的哭聲進駐女祭司的火把
帶你走過一條街　橙子樹的香氣
縫合血和沙　沉船和燕子　女兒
跳跳停停的心複述一篇演講辭
另一個黃昏從地貌中擰出紫色
書邊滑落的手指　輕易掠走一切

八

就這樣撥動大理石起伏的海濤
就這樣房間裡雨聲徹夜響
輓歌　挽著女兒怕出生的性
就這樣岸夾緊噩耗滾燙的鉗子
燈下讀到一支大軍走投無路
宿營的篝火倒映仔細策劃的
仔細忘卻的　雲和風的圓形劇場
錄製嬰孩身上嚎啕的蜜蠟色
活是一次看不見的展示　她
來過　手中牽著一大群消失

九

每個詞都在不該在的地方　懷揣
自己的裂縫　每個詞汪著眼淚
不流　才描出早已流盡的乾枯
每張石頭臉頰下建造著石牢
偷聽刀砍似的愛　不該滋生的愛
你身上的裂縫不該蔓延時蔓延
到海上　再次孵化成有張小臉的
藍　拍打一首剛剛入睡的詩
每個詞在雪白摺頁間亮晶晶的
該結束偏偏成爲你開始的理由

十

每一百三十六天大海裂開一次
雨滴的小孔中能窺見白白的卵
選用這周期　蕩漾的血味兒
不讓你心裡那道懸崖安息
選用一隻射穿風景的海鷗
像個滾著花邊撲上碼頭的女孩
劫掠父親　錫拉庫薩窗臺下
每一百三十六天大海停頓一次
屏住　又鬆開　不可能的呼吸
無限冷的雨聲終究無限溫柔

一次石雕上手提淨瓶的漫步

廢墟浮上嘴角　一首詩
續寫石頭的信　一根食指
鈎住不奢望寄走的水聲

陽光曝曬的山坡上
你腋窩酥軟　忘了閒置過
第幾個向海行走的一千年

你雪白的瓶子裡盛滿了鈾
第幾次倒空被發明的海
渾身血脈盯著那瓶口

變得更美　爲對抗那瓶口
刺眼的藍等在大理石柱廊盡頭
激情的殘疾　來　毀了再來

一首詩懷著裂變亭亭玉立
一串幽暗的心跳像腳印
原地踱過　恍若最後的

一步踏入石頭的最初
半裸的肩膀下棲著燕子
飛來叫眼淚　飛去叫歡快

你的愛仍然靜靜卡在正午
修飾你的爆炸　玲瓏地
提著所有的字

恍若雪的存在——完美之詩

整座雪山微微旋轉　當你的臉
每秒鐘更埋入訣別的幽暗
遠離陽光像遠離一場誣陷
說　你暫停過　愛過　雪映藍天

有過置換的主題　繼續玩味
你肉裡吱吱叫的白色沙子
一片雲玲瓏寒意的袍子
水做的女道士　抹掉自己　恰似縱欲

水中拆毀的表情　亮晶晶聆聽

冰川磨尖的爪子在爬動
一只蘋果裡盜墓者的洞
偷運死之甜　你的空茫　最後的激情

更醉心　雪花的拂塵
拂拭一個沒有你的早晨
雪白的麻鞋踩出雪線那行腳印
更高　鷹叼起人類的腸子　啄碎的心

不怕總在路上　你的狂想
剝離你生存的形象
聽　器官慢慢說謊
編造　雪崩的辭　越落不到地面越囂張

白茫茫的虛構　照耀你的結構

冷晶瑩綻開在你身後
發育雪的繞指柔
毀啊　一首詩平行於怒雲　煙嵐　湍流

都是變的　一杯茶的漩渦
攪動那麼多海拔那麼多
記住的　卻並非你的乾渴
一滴墨不是藍色　不是黑色　是金色

書寫名字的大雪
你滑墜的草坡無限陰綠
你手上的繃帶一直濕漉漉纏著
一場跋涉　置換成記憶　不奢望終結

知道　水之道

就是洗淨肌膚　把美準備好
放棄給你愛的　那高潮
哪管滲漏的是誰　纓絡　紛紛灑掃

把覆蓋你的白　煉製爲
此刻暴露你的白
遞增非人的完美
說　恍若　僅僅恍若　雪的　存在

思想面具（一）

必須擰亮那盞燈　讓側光
斜射進屏住呼吸的白
一塊石膏裡溺死的白

必須復活於影子
斜斜描摹一場被驅逐的雪
驅逐進房間裡　你的安詳

有嗆人的味兒　捏製一枚
尖尖拱出平面的精巧的鼻子
嗅著鄉愁　最香的暮色

從死魚一邊穩穩升起
像座迫使綠色海浪顯形的航標
打濕一盆盆全速航行的花草

照耀眼睛只爲刺瞎眼睛
鈣化的耳朵一舉省略掉耳朵
一張臉內臟般藏起思想

把深陷的　易碎的窗口
掛在霜紅的枝葉間　拆散人生
那洇開的依託著空氣的花朵

思想面具（二）

世界爲影子忙碌　雕刀
刮掉牆上水蜜桃嬌豔的顏色
給燈籠安進火苗

一邊是減法　關掉星期天
作品就在陽光中剜出空洞
一邊相加　成群的黃蜂

螫疼成群冷凝在石膏上的
骯髒指紋　你潛藏的影子
逼你發育肉　顴骨　牙　軀體

一邊坍塌在無情地構思
一邊堆積尖叫　石質的神經
再崩裂就成了無聲的　你

低垂眼簾　謹守牆的秘密
守著自己震耳欲聾的心跳
什麼也不說　像利刃

於是語言輝煌地說出
一件雕塑無限趨近人形的
不真實的美

思想面具（三）

漆黑的羽毛把翺翔變成靜物
面具刷新你和我的猖狂
戴著說　自由　但是假的

詩句　製作一個燕子們的下午
眼睛　盯著黑手套托起檸檬
明媚是一種公共的恥辱

戴著說　歧途　但酷愛著
藍色清潔劑清除的鳥兒的殘跡
兩個人之間唯有愛的歧途

能映照彼此　把自己
虐待進孤獨的天堂裡去　觀賞
一陣呼嘯中淪爲靜物的北風

戴著落葉與河水　說
測量一場天邊積蓄的大雪
用內心珍藏的黑暗彼此對位吧

倒扣在無所不在的牆上
一堆羽毛慢慢腐爛　耳鳴中
一座鳥鳴博物館象徵地活著

思想面具（四）

死海豚側著眼張望人的鏡頭
一枚清澈的小黑窟窿　好奇
借來的存在多麼放肆

借來五顏六色的鹽的幾何學
雕一朵大教堂的奇花
雕出的腳步　黏進鹹鹹的甬道

一股嗅覺像鬼火引我們遊蕩
一對醃製的性別固定大海
肉欲的　保鮮的性質

唯一該問　還有人能問嗎？
當月光也像謊言的礦物被開採著
當謊言　已成熟爲一種激情了

唯一該感到那隻死海豚
仍按在岩層裡　拍打　某張臉
自幽深處噴出雪白的霧氣

滿房間失重的瓷器　尾隨
你胸前甜蜜搖蕩的導航儀
一路碎裂聲正是謝幕的藝術

思想面具（五）

返回蝴蝶般精巧扇動的鼻翼
嗅　空氣中持續賦予
持續散開的形式

返回一隻花園中翻飛的老虎
穿上它不認識的名字
世界就繪滿金黃的斑紋

涓涓流去時也涓涓流回
你不認識陶土的形式
卻認出一只埧釀造千年的醉意

那翅膀的形式　落進落日
敷到嘴唇上的深紫色　蝴蝶
認出杜甫吧　夠慘痛　必須夠美麗

臉的形式　遭遇
一隻鳥俯衝的形式　高高挑起
黑　藍　綠　被激怒的羽毛

一陣毛茸茸的語法中
憤怒的花朵贏得了大選
愛只愛消溶在純粹道德中的你

思想面具（六）

窗口的造型鮮明如造物
嵌著一陣掃射玻璃的冷雨
嵌著站在窗臺上搖搖欲墜的孩子

都是面具　石膏的玄思
用影子逼你現身　你
擰亮斜射的燈逼黑暗現身

肯定一場雪盲症　不停
把窗外瀰漫的景致移到窗內
孩子繃緊的粉紅色地平線

浸透不可能更空的奶味兒
餵養紛紛灑落的家庭的粉末
鮮嫩的臉滌淨至零

什麼也沒做　世界已經變了
一塊雪白的平面外無需別的葬禮
留給傑作的只是芳香

這房間懸在到處的海底
聽見孩子的月光嘎嘎開裂
每一夜被撫摸成虛擬的石頭

鬼魂作曲家——自白

一切始於一次性交
當日子不多不少是一場剃光的儀式
當一個人剃光得連年齡也不剩
樂曲　直指子宮裡的嫩

血紅壓低的穹頂　忍著一枝蕊
既像梅花又像槐花
沒完沒了掃得你爆炸

　　我藏在手指背後　音符背後
彈起　又按下一枚水鳥的琴鍵

拆卸光年的機器

我藏在一個過不去的昨夜背後
聽　黑暗追問一道狂暴推移的極限

全部樂譜只等待一盞燈
支起望遠鏡　細細勘測一張舊照
翻開相冊的時候就是知道
你不會回來的時候　而撫摸
貼緊毀滅已經發生的心境
透視白的下頷　白的眉骨　白的唇
一個家庭在射線中繁衍成負數
最色情時子宮徹夜醒著　吻合
我貫穿星際的秘密愛你的儀式

我藏進演奏寂靜的力　擎著大海
　想怎麼藍就怎麼藍的形狀
　噩耗想怎麼擴散就怎麼擴散

全部黃昏的房間總是相冊裡
最後寫滿　最後撕下的那一頁
童年的口音掏空扔過窗口的雲
相愛的口音淋濕抓緊地面的落葉
每條街帶著自己的口音　加入
行走　被放棄的死者使一個夢更嘈雜
你坐在幽暗中聽　清　疼痛
那不能分解的化學向內捲曲
一枝梅花豔豔塗寫
一枝槐花瞪視漏下的明月

沒別的結構除了聲音之間的停頓
比聲音更刺耳　沒別的宇宙
除了鎖在皮膚下索索發抖的大爆炸
聽覺加速時　軀體無限推遲
我藏進一次黑暗中絕望的射精

射入假想成胎兒的現實
從未真的存在因而加倍剝奪你
沒別的調性除了徹底抹平的肺活量
像個墓碑上移動的字
徹底　呈現被嚮往的啞默

一件事

僅僅一件　在回頭看的眼睛裡
僅僅一片茫茫　卻
遮住一瓶酒搖出的風景

你跳傘到爸爸門口時　一百公里高空
冷凝的叫賣聲正攤開北極光
電視上雪橇疾馳　滿載五顏六色的襯衫
你的襯衫裡　五顏六色的火
放養一頭怦怦跳蕩頂撞青春的鹿

爸爸的室內北極光飄動
繽紛的冰雪坐在一起只感到那飄動

飄了一百年　回頭還堵在盡頭

某個血緣懸在針葉林上方　銜著
你的尾　蘸進夜裡墨跡淋漓
你的角　嵌成天空的嬰兒車
傻樣的歌聲把一頓晚餐還原爲紫色
堅信聽到北極光的響聲
不分季節地說　別了

狼眼中霓虹粼粼的河水
不停拆下一塊地平線的熒光屏

沒人走出孩子這件事
敲定聾了的天文學那件事
模仿你傻笑　噴出五顏六色的哈氣

一次敘述

你從不後悔踅入錯誤

一種明晰一種美　詞是錯
無詞　就再錯一次　窗臺
擺上一排悲鳴的雁　藍的鞭子狠狠抽
空間那朵茶花

雕琢成洗劫的力　比負數中
玲瓏的倒影更有力

李河谷沼澤的眼窩裡一滴實心的淚
鍍了月光　一塊琥珀沉吟成人形

愛上愛情也愛上厭倦

迎著負星座　呼吸節拍器一次性作曲

什麼不是書？又冷又亮
一把秋空的鐮刀割下滿地落葉
割掉山喜鵲跳來跳去的自戀

哪本書不是花瓣那本？飄零
就把你引渡進爸爸的泥濘那同一本？
浸染在風裡　魚腥味兒的負顏色
竄改哮喘的大海

聽浪拍打　本來該這樣
你寫的不多不少粉碎成你是的

你是你的變幻　說出的都是真的
吸進肺裡的雨仍深深下　越下欠得越多
壓墜紅豔的露珠　刷新被眺望的活
雲　飄過茶花的內臟
發育成自己孤獨的祖國

一抹顏色

噩夢中的人加速度迸發呼喊

這裡的藍想變就變黑　這裡
綠一剎那分解成金黃和銀紅
誰的奢華的意志　拒絕你醒來

摜出你

這裡的蛇皮像塡滿白堊的花園一樣
蛻掉　這裡月光孵出一株水仙
顏色俯吻你　顏色丟棄你

沒人能摸到這世界時　你床頭歪著
童年　像朵雲重重砸在頭上

噩夢中的人擅長最柔軟的抒情

去抵消一生無色的化學
只要嗅　海就是幸福的瞎子
只要聽　樹枝就從天空到內心掛滿哨音
這裡沒什麼可背叛　因爲臆想就是顏色

鬆開你

一隻狗眼中昏暗的影子始終真實
你兩歲已畫下一枚漏盡鮮血的水仙

鋸齒形的早晨掙扎在蛹裡
噩夢中的人像蝴蝶炸開自己

一種聲音

聽女道士柔柔的箋揉碎你的桃花
聽井汲取火　說自己的方言

名字裡的墨　滴進霧散後那滴墨
星星的音樂會加上回聲的縱深

你一轉身隱入天邊的象徵

把接吻留給背後黑黝黝的小旅館
重播的孤獨撥動七根弦的世界
流星的逍遙似曾相識

把舌頭溫柔地頂進耳鼓　這峭崖
錄製耳鳴銳利的　佇立的頻率
消散的詩意　一艘飛船

無生命的字騎上星座改變你的生命

那首漸漸長成的愛情詩
呼吸著此刻總過於清冽的大氣
一片被喚作墨的夜空堆滿了雪
一場雪劍一樣抽出　吟誦中
劍鋒抖落覆蓋群山的晶瑩的粉末

沒別的方言除了愛　剛剛做的
滲出淚　翻過又一年

又憑空辨認出　從遠方蕩回的
同一次高潮迸發的喊聲

一點倒影

母親死後三十三年才生出驚人的美
你書桌上小小的蠟燭在送信
小小的祭壇用黑暗爲她描眉

燭光搖搖欲墜了三小時
一張臉嵌進金鷓鴣　笑看房間
聖家族挪用的三小時

血肉微微渾濁的空氣中疾馳而過
歷史借走的　夜色還回的
綠油油的水仙旁她仍埋頭織著毛衣

三十三年　針本身擰成死結
一間記憶的溫室測不出溫度
金鷓鴣凍僵的金色　打造嬌嗔的首飾

佩帶在黑暗上　借一盞燭臺梳妝
誰全然冷漠才陪你共同度過時間

讓一個人更突出家的主題
讓死亡像個新家　倒映擠坐著的
紅顏　俯視你時劍刃一一劈下
母親非物質的光慢慢圖畫到你臉上
抽象成三小時　癡癡潛入海底

每天的周年　你愛上那因爲愛
已全然成爲你自己的美

空書——火中滿溢之書

每一剎那是一張簇新的白紙
許多年　一個漫長移動的句子
寫下了什麼？你是一根銅弦
揉啊　幽咽中投入火的手指
貼近審視宇宙那撤走的宴席
唱和著什麼？一部組裝的音樂
組裝出寂靜　火舌明豔地指揮

你臉頰上的溫度　你的心跳
暴露咽喉下死過兩次的月色
如雪坍塌　如亂倫的幸福的徵兆

你的知音就在一行詩句中藏著
火　自焚的玫瑰　總定格
於將將燙傷時　將將在手邊
嗅到歷史的焦糊　煙裊裊拂過
擦拭一個人裡無數人的天際
無數水面是一本書　玫瑰色
被天鵝濺落的腳蹼裝訂成暮色

一只青瓷天球瓶寧靜又狂暴
用波浪形的耳廓盛滿聆聽
你的揚揚揮灑　你咳嗽的同謀

相遇　在一抹流水上命名
相忘　你們彼此爲焰　爲鏡

爲期待　拈出一枚深懷的蕊
墨汁做的半人半鬼的空
無論多遠都讓你們擁抱取暖
瘦瘦的火中　每首詩將將開屏
完成一隻孔雀震顫的表情

燭照　一根琴弦上俯身的韻腳
向日葵金黃撕碎的語言
毀得美一點　唯一的必要

唯一的倒計時只演奏一種思念
給誰呢？一首輓歌中滿滿
溢出這人稱　借用你的第一天
一個煉字　提純可怕的界限
反覆熔鑄的詞性肯定更可怕的無限

唱著血肉　唱著灰燼　黑得不做夢
煉　親密約定最後一天

兩次來到
洗劫後的潔淨　月光的幽咽
縷縷幽香　讓你聽你在逍遙

（二〇〇五—二〇〇九）

楊煉創作年表

一九七八—一九七九年　《土地》，詩集。
一九七九—一九八一年　《太陽每天都是新的》，大型組詩。
一九八一年　《海邊的孩子》，散文詩集。
一九八二—一九八四年　《禮魂》，大型組詩。
一九八四年　《西藏》，組詩。
一九八五年　《逝者》，散文詩三章。
一九八五—一九八九年　《YI》，長詩。
一九八九年　《面具與鱷魚》，組詩。
一九九一年　《無人稱》，一九八二—一九九一短詩自選集。
一九九〇—一九九二年　《鬼話》，散文集。
一九九二—一九九三年　《大海停止之處》，短詩集。
一九九四年　《十意象》，散文十章。

一九九四—一九九七年　《同心圓》，長詩。
一九九八—一九九九年　《十六行詩》，短詩集。
一九九九年　《那些一》，長篇散文。
二〇〇〇年　《幸福鬼魂手記》，組詩。
二〇〇〇年　《骨灰甕》，長篇散文。
二〇〇一年　《月蝕的七個半夜》，長篇散文。
二〇〇〇—二〇〇二年　《李河谷的詩》，短詩集。
二〇〇三—二〇〇四年　《豔詩》，短詩集。
二〇〇五—二〇〇九年　《敘事詩》，長詩。

楊煉作品出版年表

·一九八五年

《禮魂》，詩選，中國西安，中國青年詩人叢書。

·一九八六年

《荒魂》，詩選，中國上海，上海文藝出版社。

·一九八九年

《黃》，詩選，中國北京，人民文學出版社。

《人的自覺》，論文，中國四川，四川人民出版社（因故中止）。

《朝聖》，德譯詩選，奧地利因斯布魯克，Hande出版社。

《與死亡對稱》，中英文對照詩選並作者朗誦錄影，澳大利亞坎培拉，澳大利亞國立大學出版社。

·一九九〇年

《面具與鱷魚》，中英文對照詩選，澳大利亞雪梨，雪梨大學東亞叢書，Wild Peony出版社。

《流亡的死者》，中英文對照詩選，澳大利亞坎培拉，Tiananmen版社。

・一九九一年

《太陽與人》，長詩，中國湖南，湖南文藝出版社。

En De Rest Ven De Wereld，中荷對照詩選，荷蘭鹿特丹國際詩歌節出版系列。

・一九九三年

《詩》，德文翻譯詩選，瑞士蘇黎世，Ammann出版社。

・一九九四年

《YI》，長詩，臺灣臺北，現代詩叢書。

《鬼話》，散文集，臺灣臺北，聯經出版事業公司。

《人景——鬼話》，詩文集，中國北京，中央編譯出版社（與友友合著）。

《無人稱》，中英對照詩選，英國，Wellsweep出版社。

《面具與鱷魚》，德文翻譯詩選，德國DAAD叢書，Aufbau出版社。

・一九九五年

《鬼話》，德文翻譯散文集，瑞士蘇黎世，Ammann出版社。

《大海停止之處》，中英文對照組詩，英國，Wellsweep出版社。

《中國日記》，中德文對照詩歌與照片合集，德國，Schwarzkolt & Schwartzkoft出版社。

·一九九六年

《大海停止之處》，德文翻譯詩選，德國斯圖加特，Schloss Solitude叢書。

《大海停止之處》，丹麥文翻譯詩選，丹麥哥本哈根，Politisk Revy出版社。

·一九九八年

《楊煉作品一九七二－一九九七》（詩歌卷：大海停止之處：散文、文論卷：鬼話、智力的空間），中國上海，上海文藝出版社。

·一九九九年

《大海停止之處——新作集》，中英文對照詩選，英國，Bloodaxe出版社。本書獲得一九九九年度英國詩歌書籍協會推薦翻譯詩集獎。

《大海停止之處》，義大利中文對照組詩，義大利佩斯卡拉，Flaiano國際詩歌獎獲獎者叢書。

·二〇〇〇年

《死詩人的城》，CD-Rom並附中英文文本、朗誦及採訪，德國路德威格莎芬，Cyperfiction出版社。

·二〇〇一年

《月食的七個半夜》，散文集，臺灣臺北，聯合文學出版社。

《流亡使我們獲得了什麼?》，德文翻譯高行健、楊煉長篇對話，德國柏林，DAAD叢書。

《流亡使我們獲得了什麼?》，義大利文翻譯高行健、楊煉長篇對話，義大利米蘭，Medusa出版社。

《YI》，中英文對照長詩，美國洛杉磯，Green Integer出版社。

《河口上的房間》，中法文對照詩選，法國聖拿薩爾，M.E.E.T.出版社。

·二〇〇二年

《幸福鬼魂手記》，英文翻譯詩選，香港，Renditions Paperback叢書。

《面具與鱷魚》，中法文對照詩選，法國第戎，Virgile Ulysse Fin De Siecle出版社。

·二〇〇三年

《幸福鬼魂手記——楊煉新作一九九八—二〇〇二》（詩歌、散文、文論集），中國上海，上海文藝出版社。

《楊煉作品一九八二—一九九七》（詩歌卷：大海停止之處；散文、文論卷：鬼話、智力的空間），中國上海，上海文藝出版社（再版）。

·二〇〇四年

《大海停止之處》，法文翻譯詩選，法國巴黎，Caracteres出版社。

《流亡使我們獲得了什麼？》，法文翻譯高行健、楊煉長篇對話，法國巴黎，Caracteres出版社。

《大海停止之處》，義大利、英、中文對照詩選，義大利米蘭，Libri Scheiwiller出版社。

・二〇〇五年

《幸福鬼魂手記》，日文翻譯詩選，日本東京，思潮社。

《同心圓》，英文翻譯長詩，英國，Bloodaxe出版社。

《大海停止之處》，低地蘇格蘭文翻譯詩選，蘇格蘭愛丁堡，Kettillonia出版社。

《水手之家》，「水手之家」詩歌節文獻本，六種原文對照英譯，楊煉主編並序，英國，Shearsman出版社。

《YI》，中英文全文朗誦長詩，一套四張CD，澳大利亞雪梨，Joyce出版社。

・二〇〇六年

《幻象中的城市》，英文翻譯詩文集，紐西蘭奧克蘭，奧克蘭大學出版社（AUP）。

・二〇〇八年

《豔詩》，詩集，中國山東，《誰》詩刊。

《騎乘雙魚座——五詩集選》，中英文對照詩選，英國，Shearsman出版社。

・二〇〇九年

《豔詩》，詩集，臺灣臺北，傾向出版社。
《一座向下修建的塔》，文論集，中國北京，鳳凰出版社。
《李河谷的詩》，中英文對照詩選，英國，Bloodaxe出版社。
《幸福鬼魂手記》，德文翻譯詩文集，德國，Suhrkamp出版社。

・二〇一〇年

《雁對我說》，詩、散文、文論自選集，香港，明報月刊出版社——世界當代華文文學精讀文庫）。
《雁對我說》，詩、散文、文論自選集，新加坡，青年書局（世界當代華文文學精讀文庫）。
《幸福鬼魂手記》，法文翻譯詩歌、散文集，法國巴黎，Caracteres出版社。

・二〇一一年

《敘事詩》，長詩，北京華夏出版社。

當代名家
敘事詩

2013年7月初版 定價：新臺幣390元

著　　者　楊　　煉
發行人　林載爵

出版者　聯經出版事業股份有限公司
地址　台北市基隆路一段180號4樓
編輯部地址　台北市基隆路一段180號4樓
叢書主編電話　(02)87876242轉224
台北聯經書房：台北市新生南路三段94號
電話：(02)23620308
台中分公司：台中市北區健行路321號1樓
暨門市電話：(04)22371234 ext.5
郵政劃撥帳戶第0100559-3號
郵撥電話：(02)23620308
印刷者　世和印製企業有限公司
總經銷　聯合發行股份有限公司
發行所：新北市新店區寶橋路235巷6弄6號2樓
電話：(02)29178022

叢書主編　邱靖絨
校對　吳美滿
整體設計　江宜蔚
圖頁設計　江宜蔚

行政院新聞局出版事業登記證局版臺業字第0130號

本書如有缺頁，破損，倒裝請寄回台北聯經書房更換。 ISBN 978-957-08-4215-9 (平裝)
聯經網址：www.linkingbooks.com.tw
電子信箱：linking@udngroup.com

國家圖書館出版品預行編目資料

敘事詩/楊煉著．初版．臺北市．聯經．
2013年7月（民102年）．272面．
14.8×21公分（當代名家）

ISBN 978-957-08-4215-9（平裝）

851.486 102011469